目　次

独裁者の学校

まえがき

本書は脚本である。計画は二十年越しになる。当時は多くの人(筆者もそのひとり)が希望を根こそぎ失い、経験ばかりが豊富になった。ドイツを例にとれば、人間が写真さながらに姿を似せつづければ、やがて見分けがつかなくなることをみなさんは経験済みだ。人形の衣装を着せられて後ろ脚でちんちんする、調教された犬を見ただけでも充分嫌気がさすが、尊厳や良識をくわえてくるように調教された、恰好だけの人間ほど唾棄すべき存在はない。まったくもって言葉ではとても言い尽くせないが、あえてそれを描写しようと思う。

本書は脚本でありつつ、風刺にも見えるだろう。だが本書は風刺ではなく、自身のカリカチュアになりはてた人間を誇張なく描いたものだ。このカリカチュアはその人間のポートレートにほかならない。そういう戯曲に劇でお約束の二枚目は登場しうるだろうか。いや、むりだ。では、登場人物の違いを際立たせる機知に富んだ対話はどうだろう。これもむりだ。役柄に変化をつけることはできるだろうか。できるわけがない。悲劇特有の葛藤は？　むり、むり！　後ろ脚でちんちんする、低次元の人間がそんな葛藤を持つはずがない。偉大さと罪深さ、苦悩と浄化といった崇高な作劇の物差しなど無視するしかない。嘆かわしいことだが、このことは前もって断っておく必要がある。

本書は脚本であるが、強いてレッテルを貼るなら、どさまわりの茶番劇〔訳注　バロック時代によく見られた劇のタイプ〕だ。血なまぐさく、道化然とした独裁者は気高い心から発する謀反によって排除される。そのあと、この謀反人も殺害され、またぞろ独裁政権が樹立される。謀反人は独裁政権にとって場つなぎでしかない。トロイの木馬ならぬ、トロイのロバというわけだ。——この劇ではふたつの政権が打倒されるが、どちらも典型的なクーデターによるものだ。そして旧来の方法に、新しい方法が加わる。内乱では近代的な武器も使われるからだ。古代ローマの護民官が五千人の男に話しかければ、声が届くのは五千人だ。だがいまは一千万の人々に話しかけられる。事実一千万人に届くかもしれないが、代わりに音響調整室でダイヤルをちょっと回すだけで、誰にもその声が届かなくもなる。演説者は気づかぬうちに敗北する。生きていると思いながら、そのじつ死んでいるのだ。クーデターの技術は技術のクーデターを覚悟しなければならない。
　本書は脚本であるが、あるテーマを持っている。計画は二十年越しだが、そのテーマははるかに古い。といっても、あいにく古びはしない。つねに存在する時事問題というのもあるのだ。

一九五六年　ミュンヘン
エーリヒ・ケストナー

登場人物

陸軍大臣
首相
主治医
教授
監察官
大統領
大統領夫人
大統領の子息
少佐
首都防衛司令官
四号
五号

六号
七号
八号
九号
パウリーネ
ドーリス
シュテラ
酒場のおかみ
水夫
物売り
会計係
若者

若い娘
教皇庁使節
外交団首席
十号、十一号、十二号、十三号、十四号、戦車隊少尉〔訳注　本文では「戦車兵」として登場〕、下士官、ふたりの兵士

第一場

近代化した宮殿の広間。厳かな式典が進行中。マイク、花、紋章。玉座かと見紛う椅子に大統領。フロックコートを着て、綬章を帯び、上唇と顎に髭をたくわえている。(注意事項　髪や髭の形は、作品の本質から逸脱しないように、けっして最近の歴史上の人物を連想させてはならない。)相応の距離をおいて、一段低いところに、大統領夫人と子息が着席している。大統領夫人はグラマーで、熟女の色香を漂わせるポーズを取っている。子息は若く、垢抜けていて、一見なにごとにも無関心のようだが、じつは真剣。

舞台の片側には、礼服を着た外交団が整列し、その先頭に外交団首席と教皇庁使節がいる。

もう一方の舞台の片側では車椅子に乗った陸軍大臣がいる。勲章で飾り立て、両足がない。その隣に主治医と、大礼服姿の首都防衛司令官が立っている。主治医は丸々と肥《ふと》っていて、豪放磊落《ごうほうらいらく》。首都防衛司令官は沈着冷静な参謀将校。

バルコニーの開かれた二枚扉のそばには、監察官、すなわち大統領の官房長官で、すべての使用人のトップであり、あらゆるトップに仕える人物が立っている。舞台中央にいる大統領の前では、首相兼内相がマイクに向かっている。彼の式辞はこのあとの大統領の答辞と同様に、音が重なって聞こえる。ひとつは肉声で、もうひとつの声はわずかにずれている。そちらの声は、大広場に置かれたスピーカーを通して開け放たれたバルコニーから聞こえてくる。首相は原稿なしでスピーチをしている。

首相　（スピーチを終えようとしている）内閣、上院ならびに国民、つまりおひとりを除くすべての方々は、我らが大統領にして我が国の新建設者であられるお方に、この重責を生涯担っていただくことを乞い願うものであります。ご本人を除く全員の一致した願いは、ご承知のごとく、投票や票数の計算を必要とするものではありません。投票箱はあと一票、ご本人の投票を待つのみであります。もちろん、またとない栄光に満ちた閣下の不動の地位が、じつは途方もなく大変な責務であり、それに生涯を捧げていただくようになることは重々承知の上です。にもかかわらず、このおひとりの方に乞い願うのは、このおひとりなくしては、国民も国家も、頭と手をもがれたも同然になるからです。絶対王政の時代、国王は「朕《ちん》は国家なり」と言ってはばかりませんでした。しかしあれは歴史を相手取った嘘偽りにほかなりません。王侯貴族の思い上がりもいいところです。統治者ではなく、統治される側であるわれわれが、そう宣言してはじめて、統治者は意義と尊厳を得るのです。ですから、われわれ全員の願いは、閣下の不動の地位を規定する条文を閣下に承諾いただきたいという一点に尽きます。最後にこう申しあげましょう。閣下こそ国家、われわれの国家なり！（深々とお辞儀をして、陸軍大臣のところへ歩み寄る。陸軍大臣は首相としっかり握手する）

監察官、タイミングを見計らってバルコニーから外に向かって合図を送る。

シュプレヒコール（事前に用意された機械による群衆の歓声が大広場で鳴り響く）大統領——ぜひ承諾を！　大統領——ぜひ承諾を！　国家は——閣下と一心同体！　国家は——閣下と一心同体！

大統領、胸ポケットからゆっくりと原稿を取りだす。監察官、二度目の合図をだす。シュプレヒコールがフェードアウトする。大広場も、広間もしんと静まりかえる。

大統領（すわったままマイクに向かって演説を読み上げる。一文ごとに間を置く。力強い口調。朗々と声を張り上げる）承知のごとく、我輩は多言を弄する者ではない。むしろ行動で語るのをよしとしている。世に知られていることだ。そういう評価を変えるつもりは毛頭ない。そのことは、いつの日か世界史が知るところとなるだろう。ここ数年も、世界のどこでも通じる行動という簡潔な言葉で多くのことを成し遂げてきた。元来、同盟国はわれわれの行動を敬い、敵国は恐れをなしたものだ。ところが混迷する今世紀、それはもはや自明のことではなくなってしまった。国の内部においても、国家間においても、そうなのだ。われわれは国境を拡大してきたが、それは力を誇示するためではない。あれは作戦行動ではなく、離散した我が同胞を取り戻すためだった。かくしてこの国には安寧と結束がもたらされた。いちいち説得するまでもなく、国民は納得した。もちろん多少の反乱分子はいる。プロの反体制活動家や外国からの金で雇われた裏切り者がそれだ。だがそういう輩《やから》はいま、不安に苛まれ、穴に籠もっている。あと一歩、もうひと押しで、かのネズミどもは罠にかかる。穴に籠もるか、罠にかかるか、どちらかしかない。他に選択肢はないのだ。だからこう公言して差し支えないだろう。仕事は半ばまで達成した。あとは完遂あるのみ。それをなすべきは誰か？　誰がなしうるのか？　責任を分け合うことはできない。義務感がめざすのは最後の瞬間だけだ。この職務と名誉は、我輩にとって終身刑も同じだが、国民と歴史に対して上告するわけにはいかない。だから今日ここで、我輩に課された重責に感謝しよう。我輩は職務と名誉と責務を受けよう！

監察官、外に向かって合図する。

シュプレヒコール　（ふたたび作り物の熱狂）万歳！　万歳！　万歳！　大統領に——感謝！　大統領に——感謝！

遠くで礼砲の音。

陸軍大臣、腕時計を見て、満足そうに首都防衛司令官にうなずく。

大統領、原稿を胸ポケットにしまう。

シュプレヒコール　ひと目——大統領の——お姿を！　ひと目——大統領の——お姿を！　大統領の——お姿を！……統領の——お姿を！

大統領、立ち上がり、演壇から下りる。

夫人と子息、立ち上がる。

大統領、夫人に腕を貸し、ふたり、つづいて子息がバルコニーに向かう。

外交団、型どおりにお辞儀をする。

監察官、外に向かって合図。

大広場はしんと静まりかえる。

大統領、みんなによく見え、手が振れるように、もう一歩前に出る。

外からパンという銃声。

大統領、よろめいて、顔を押さえる。

ただちに主治医が大統領に駆け寄り、傷を調べる。大広場では騒ぎがおこる。陸軍大臣が険しい顔で首都防衛司令官をにらむ。

首都防衛司令官、急いで退場。

監察官　（広間に向かって叫ぶ）アカデミーの屋上に人影があるぞ！（一斉射撃。監察官、大声で報告する）落ちたぞ。雨樋《あまどい》にしがみついている。（外で喚声）片づいた。

主治医　ただの擦過傷ですな。たいした傷ではありません。（大統領夫人に向かい、すべきことを指図する）心配には及びません。

大統領夫人　(大げさに) よかったわ。
外交団首席　(教皇庁使節に) 下手くそなスナイパーですな。
教皇庁使節　自作自演かもしれませんね。
首相　(大統領に歩み寄る) 閣下ならびにわれわれにとって喜ばしいかぎりでありま
す!
大統領　(怒って) すばらしい誕生日だ!
外交団首席　(教皇庁使節に) うちの政府は衝撃を受けるでしょう。
教皇庁使節　バチカンも同様です。
外交団首席　と申しますと、閣下?
教皇庁使節　暗殺計画はこれが最初ではありませんから。
外交団首席　あの方には暗殺者よりも長生きする習性がおありですね。
教皇庁使節　困った習性です。反体制側にとっては。
主治医　(大統領に) 安静になさってください。大事を取らなくては。
陸軍大臣　(車椅子から叫ぶ) 首相、群衆に話されてはいかがかな!

首相　簡潔に、誤解なきように。（数あるマイクのひとつのところへ向かう）

大統領、首相を押しとどめると、主治医を押しのけて、自らマイクの前へ行く。

首相、渋々それに従う。大統領の背後では、人々が驚いて顔を見あわせる。

大統領　（先ほどの演説のようなスタイルも口調も影を潜めている）大統領であります。ただのかすり傷です。犯人は死にました。わたしは無事です。これでいい。前例がないことではありません。終身大統領に就任して、たったの一分しか生きられなかったとなれば、ひどい冗談でしょう。ひどい冗談は好みではありません。とにかく、自分の幸運に感謝したいと思います。（深呼吸する）わたしの誕生日と終身大統領就任と九死に一生を得たことを祝って、また国家保安局に全幅の信頼を寄せて、ここに千名の政治犯に対する恩赦を宣言します。詳細は法務大臣が公表するでしょう。

外で、わずかに、ひかえ目な万歳の声。

大統領　(万歳の声を静止する)　けっこう、けっこう！　では、みな家に帰ってくれ。(満足そうに夫人の肩を叩くと、夫人はぎくっとする。つづいて夫人の腕を取る)

陸軍大臣、首相及び主治医、平静を装う。バルコニーのドアが自動的に閉まる。

教皇庁使節　(外交団首席に)　あの方は、いつからあんなに寛大になったのでしょうね？

外交団首席　なにかの間違いでなければいいのですが。(大統領に近づく)　閣下、外交団首席であるわたしが代表して、お喜びを申しあげたいと思います。誕生日と終身大統領就任、慶賀の至りに存じます。また今回もご無事であったことと寛大な恩赦を宣言されたことも誠にすばらしいかぎりであります。

大統領　ありがとう、外交団首席殿。外交団すべてに感謝します。ところで寛大と

おっしゃいましたかな？　それは大げさでしょう。千名の囚人？　その手の輩には事欠きませんから。（外交団首席と握手する）

外交団、うやうやしく一礼して、自動ドアから退場。ドアはそのあとで閉まる。

大統領夫人、そのとたん、けがらわしいとでも言うように大統領から離れる。

陸軍大臣　（怒って）人間らしい心をお持ちとは、大統領閣下！　善意の塊！　牧師にでもなればよかったですな！

大統領　（不安そうにしながら、同時に腹を立てて）暗殺未遂のあとで寛大さを示せば、感銘を与えられるでしょう。

首相　遅まきながらご教示いただき、かたじけない。

陸軍大臣　（冷淡に）恩赦のことは原稿に書いてありましたかな？

大統領　（地団駄を踏む）暗殺未遂だってこのお粗末なシナリオにはありませんでし

たよ！　バルコニーに立っているところを撃たれるなんて、普通はないことでしょう！

主治医　（なだめる）さあ、みなさん！　閣下がご立腹なのも当然です。（大統領に）のちほど注射します。傷口が熱を持つのを甘く見てはいけません。（監察官に向かって顎をしゃくる）お連れして！

監察官、大統領の腕をむんずとつかむ。
大統領、ためらう。

監察官　（皮肉っぽく）お先にどうぞ、大統領閣下！

ふたりは自動ドアを通って退場。

陸軍大臣　あいつの横っつらを一発張らなくてはならんな。

大統領夫人　腹立たしいったらないわ！　次は人前でわたしの背中を叩くんじゃないかしら！　ああ、夫が生きてさえいたら。

陸軍大臣　……あなたも、こんなに神経質ではなかった。

主治医　この数ヶ月は欠かせない式典がつづいて、お疲れのことでしょう。尊敬する大統領夫人には、また自然を満喫していただきたい。

大統領夫人　（有頂天になって）すてき、ドクター！　ぜひニースに行きたいわ。

首相　それはちょっと。少々遠すぎますな。

主治医　ホテル・ル・ネグレスコにあるような自然なら、我が国でも味わえます。

陸軍大臣　士官学校出の気の利く若い少佐をお伴につけましょう。

大統領夫人　まあ、その年でいやらしいことを！　夫が生きていたときは、面と向かっておっしゃらなかったのに！

陸軍大臣　それはそうです！　面と向かって言えるわけがありませんでした。

大統領夫人　そんなことをおっしゃったら、夫はあなたの身体のうち残っている部分を、逆さ吊りにしたことでしょう！

陸軍大臣　いかにも、あの方ならやりかねませんでした。しかし、わたしはあのとき、足をなくすだけですみましたが、あの方は首をなくしてしまわれた。爆弾と機関銃は不公平なものです。しかし、そこは甘受するほかありません。

大統領夫人　あれからあなた方がわたしにあてがっている替え玉ときたら！　あいつらは……

首相　ご主人が死してなお生きていることが、国益につながるのです。

大統領夫人　（笑いながら）国益？

陸軍大臣　奥さま、よくお聞きください！　替え玉を作るのは容易ではなかったのですぞ。夫人のそっくりさんを作るほうがはるかに簡単でしょう。

首相　たしかに。

大統領夫人、ぎょっとしてあとずさる。

主治医　（気さくに）荷物をまとめて、湯治にでもお出かけください。暗殺未遂のせいで奥さまは神経がまいっておられます。新聞各社も定期購読者もわかってくれるはずです。

陸軍大臣　少佐がお伴します。あなたの神経にはよく利くでしょう。それにあなたが少佐以外の誰かと羽目をはずさないように気をつけてくれるでしょう。

首都防衛司令官、あわてて広間に登場。

陸軍大臣　で？

首都防衛司令官　工科大学の学生でした。ふくらはぎを撃たれ、屋根から落ちて、頭蓋骨骨折でした。アカデミーの守衛を逮捕しました。

首相　その学生の家族や友人は？

首都防衛司令官　手抜かりがないように命じました。

陸軍大臣　非常事態宣言は？

首都防衛司令官　それはやめたほうが得策です。やり過ぎは禁物です。

首相　（陸軍大臣をちらっと見る）いいだろう。

陸軍大臣　ご苦労、司令官。

首都防衛司令官、敬礼して退場。

陸軍大臣　またしても学生か！　教養は国家にとって有害ですな。

主治医　（上機嫌で）幸い、医学は教養となんの関係もありません。

首相　（大統領の子息に）お母さまのお伴をしますか？

大統領の子息　首都に残りたいです。

首相　ご随意に。

陸軍大臣　（大統領の子息に）最近、夢を見ました。あなたが大学の向かいに書店を開く夢でして、看板にはこう書いてありました。「店主は大統領子息」。それっきり眠れませんでした。

大統領の子息　（丁寧に）それはあなたの夢です、大臣。わたしはほとんど夢を見ません。

主治医　夜中は、でしょう。

大統領の子息、追従笑いをする。

首相　母は旅立ち、息子は残る。

陸軍大臣　（車椅子の向きを変える。ブレーキレバーがサーベルの柄《つか》の形をしている）ところで大統領はどうする。そっちのほうが気がかりだ。

主治医　（自信満々に）国家の安寧に負けず劣らず大統領の健康にも腐心します。

首相　行きましょう。（ドアが開く）

幕

第二場

大統領の部屋。豪華な調度品にかこまれているが、そのじつ靴工房。大きな作業台の横や上に、長靴の筒の部分、革の靴底、靴型、ハンマー、ナイフ、ヤスリ、糸用の蠟、錐、釘。ナポレオン様式の椅子にフロックコートと綬章がかけてある。

大統領　（靴職人用椅子に腰掛けている。ワイシャツを腕まくりして、革ひもで靴を膝に固定し、数本の木釘を口にくわえている。口から木釘を一本ずつ取って、靴底の周囲にていねいに打ちつけている）頭つきの木釘は固い。頭なしの方が保《も》ちがいい。よし、できた！（まずヤスリ、次にサンドペーパーを使って靴底の縁をこする）

監察官（ぶらぶらしながら）なんで本職をつづけなかったんだ？

大統領　成り行きってやつですよ。おたくらの輝かしき革命のあと、うちらの組合が解散させられまして。大統領は権力の座について、俺は監獄行き。ところで俺は、われらが「偉大な政治家」の替え玉何号なんでしょうか？　三号、それとも四号？

監察官、なにも言わない。

大統領　まあ、いいです。政治ってのは、悪くないですね。でもね、監獄では仕事がありました。国家は兵隊を必要とし、兵隊は軍靴を必要とするってわけです。でも釈放されたら、おしまいでした。警察に監視され、脅迫状が舞い込み、窓ガラスは割られる。ボイコットもされました。友だちは意気地がなく、近所の連中は人の不幸を笑う奴ばかり。客が来たかと思えば、スパイ。子どもは腹をすかし、家内は病気になる始末。不安という名の現代病です。特効薬なんてない。（ハンマーを打ち下ろす）そう、政治ってのは、悪くない。俺が途方に暮れていたとき、あの教授と知り合ったんです。偶然ってことですかね？（靴を目の前に持っていって、靴底のできを確かめる）おかげで、いまじゃ、女房も子どもたちも元気でやってます。田舎の義理の母親のところにいるんですよ。毎月、手紙と金を送ってます。（笑う）カサブランカから！　ともかく、俺は国を逃げだし、カサブランカで職人を三人雇って靴工場をやってることになってるんです！　ひとりはアリという名の金髪のベルベル人。すべて順調。女房と子どもたちも、すてきな手紙をくれます。カサブランカ宛ですが！　みんな、俺に会いたいけど、お願いだからそっちにいてくれって書いてます。（靴を脇に置いて、別のを手に取る）政治はすばらしい！　ただパウルの左目を、みんな、心配しています。父親が売国奴だからって、三年前に学校で右目を叩きつぶされたもんですから。

監察官　ハンカチはいるかね？

大統領　ずいぶんぞんざいに扱いますね。いったい、いつからです？

監察官　今日からだ、大統領。

ドアが開く。主治医と首相が入ってくる。つづいて車椅子に乗って陸軍大臣。ドアが閉まる。首相は椅子に腰を下ろす。

主治医　（医療器具を持ち、注射の準備をする）片方の袖をたくし上げて！（大統領が躊躇しているので、監察官に向かって）手伝ってやってください。

大統領　かすり傷です。どうってことはない。

主治医　それでも、念には念を入れないと。（肘関節の内側に注射をする。脱脂綿で注射跡をぬぐい、注射器とアンプルと脱脂綿をケースに戻すと、大統領の肩を叩く）さあ、これでいい。（首相の隣に腰を下ろす）

首相　バルコニーできみが行った感動的な即興演説だが、きみが誓った服務規程に著しく反していることはわかっているね？

大統領　いいタイミングでした。恩赦は正しかった。民衆のことは、おたくらよりもわかってます。それに、俺としてもうれしい。おたくらはまだ監獄を知らないでしょうが、俺は経験済みです！（笑いながら）大統領になる前にね。

陸軍大臣　（首を横に振りながら）あんな輩を千人も自由の身にするだと。われわれがそんなことをすると本気で信じているのかね！

大統領　釈放しないんですか？　その気がない？　ふざけるな！　もしあんたらが大統領の指示をないがしろにしたら、世間が黙っていないぞ！

首相　（すこし愉快そうに）ふざけるなだとさ！

大統領、胸をつかむ。

陸軍大臣　馬鹿な奴だ！

主治医　（監察官に）フロックコートを着せてやってください！　そのほうが見栄えがいい。（大統領に）さあ、そんなに興奮しないで！（大統領は首をつかんでいる）おお、効いてきた！　胸の痛みと呼吸困難。腰かけて、黙っていなさい！　そのほうが身体《からだ》にいい。

首相　（陸軍大臣と主治医に）教授にはきつく言い渡さなければならんな。ああいうことが二度と起きてはいかん。外交団が一発殴られたみたいに唖然としていた。

大統領、フロックコート姿で靴職人用の椅子によろよろと腰を下ろす。額をぬぐい、息を切らす。監察官だけが大統領を見ている。

首相 恩赦を与えれば、政府の力が衰えたと判断されるだろう。譲歩しようとしている、いや、媚びているととられるだろうな！

主治医 (愉快そうに)歳をとって賢明になったととるかもしれませんな！

陸軍大臣 (車椅子の肘掛けをこぶしで叩く)成功しようが、失敗しようが、はたまた暗殺にあおうが、大統領はその都度、若返り、厳しくふるまい、より熱く、冷酷になる。それがわれわれの決めたことだ。世間は大統領の望みを先回りしてやるようでなくては。邪魔をする愚か者には災いあれ、だ！(顎をしゃくる)次の奴は先に舌をちょん切って、腹に蓄音機を仕込んだほうがいいだろう。

大統領 (その場にいる面々を見つめ、立ち上がろうとするが、また椅子にへたり込む)俺はまだ生きているんですがね、みなさん！(だがもはや誰も彼に注意を払わない)

首相　恩赦についてだが、おおよそこうしようと思う……
陸軍大臣　うかがおう。
首相　監獄や収容所から信頼できる密偵を百人、数日釈放する。そのときニュース映像を撮影させ、ラジオや新聞にインタビューさせる。監獄の食事が栄養たっぷりで、待遇もよく、図書室にも本が揃っていて、衛生面も満足がいくと言わせる。ただし誉めすぎず、ほどほどに、すこしはいやいや言っているように振る舞わせる。グラフ雑誌には〝けなげな老母と再会〟〝はじめて我が子を見て喜ぶ父親〟〝ついにまた旋盤に向かえる〟といった気の利いたキャプションをつけて日常を写した写真を掲載するのが一番だ。
主治医　（陸軍大臣に）洗濯女並みの想像力ですな。
首相　それは誉め言葉ととってよいかね？
主治医　誉め言葉ですとも！
首相　まあ四日もしたら、この百人をまた監獄に送りかえす。もちろん元の施設には戻さない！

陸軍大臣　（時計を見る）それにしても（大統領に顎をしゃくる）そこのとんまは面倒を引き起こしおって！　第八機甲師団を視察する時間だというのに！　密偵に恩赦を与える相談をしている！

大統領　（最後の力をふりしぼって）ドクター！（自分の腕を指さす）毒薬だったのか？

首相　戦車なんて待たせればいい。

大統領　ドクター！　俺は死ぬのか？

主治医　そうだとも。なぜそんなことを訊く？

大統領　（喉をつかみ、しわがれ声で）人殺し！　この人殺し！

陸軍大臣　我が国では、命令違反は死を招く病とされている。学校でちゃんと習ったはずだ。

首相　最近はめったに見ない病気だ。

主治医　さて、急がなくては。（監察官に）書いてください！——〝容態報告。日付。元首に対する忌むべき暗殺計画は、幸いにも事なきを得た。銃弾は顔の右半分と頬骨の下部をかすった。擦過傷の長さは五センチ。即座に、予防措置を講じる〟。

監察官　（書きながら）〝……講じる〟。

大統領　（途方に暮れ、あわれっぽく）それじゃ、金は？　カサブランカからの金は？　女房と子どもたちのための金なんだが。

監察官　（不機嫌に）うるさいぞ！

主治医　〝万一のことがないように大統領は絶対安静。遅くとも一週間後にはふたたび政務に就ける見込み。主治医。署名〟。

監察官　〝主治医。署名〟。

首相　この声明を内務省報道官に渡してくれたまえ。あとは報道官に任せる。

大統領　（息も絶え絶え。がばっと身を起こし、立っていようとするが、よろめく。悲鳴）自由万歳！（作業台にくずおれる）

陸軍大臣、腕時計を見る。

主治医　（死体に近づいて、脈と瞳孔を調べる）終わりました。（監察官に）この大事な亡骸が消えてなくなるように手配してください。

陸軍大臣　そして大統領がいないと、誰にも気づかれんようにな！　きみ以外の誰もこの部屋に入れてはいかん！

監察官　わたしが給仕すると言って、大統領の食事は控え室に置かせ、わたしが自分で食べます。

主治医　どうぞ召し上がれ！

陸軍大臣　（せかせかと）では、これで。（車椅子の向きを変える）

首相　（監察官に）電話をかけて、コールドチキンをすこし車に運ぶように言ってくれたまえ。移動中に食べる。

主治医　ボジョレーワインも二本頼みます。

陸軍大臣　それと、視察を断っておいてくれ！

監察官　第八機甲師団ですね。（ドアのほうに行く）

主治医　（死体を指さして）そしてあれが肝心です！

監察官　（ドアを開けながら）コールドチキン、ボジョレーワイン、第八機甲師団

――そして肝心なもの！

幕

第三場

庭園の情景。刈り込んだ生垣。背景には、ロココ風宮殿の背面が一部隠れて見える。盲窓があり、狭い外階段が小さな表玄関に通じている。舞台前面には居心地のいいモダンな庭園用の家具と色っぽい大理石像群。様式はルイ十五世風。椅子にネグリジェ姿のパウリーネがすわっている。髪にはカーラーをつけ、ぽっちゃりした体つきで、だらっとしている。芝生にはドーリスがいて、足の爪にマニキュアを塗っている。

パウリーネ　男には二種類あるのよね。高いからこそシャンパンを注文する人と、高いけど注文する人。

ドーリス　（いつものように、皮肉と誇張をまじえて「もったいぶった」口を利く）聞くところによると、シャンパンは高すぎるって言う殿方もいるそうよ。

パウリーネ　わたしはいつだって最高級のお店で働いていたから！

ドーリス　それはお見それしました！

パウリーネ　それはともかく、あなたは男をどう区分しているの？

ドーリス　男はみんな違うって想像する楽しみに全身全霊をかけているわ。

パウリーネ　他のことには知性を感じるのに！

ドーリス　わたしは男を数えたことも、分類したこともないわ。

パウリーネ　それでもやってごらんなさいよ！　自分の意見より、あなたの意見のほうがずっと興味がある。

ドーリス　そんなことをしても、もう役に立たないわよ。（芝生に仰向けになって横たわる）夜昼かまわず貴婦人みたいに振る舞うことを女に期待する男たちがいるけど、これが一番ろくでもない。貴婦人らしさなんて他の衣服といっしょに椅子にかけろと言う男がいるけど、これがいちばんすてきで、一番危険。なぜって、肌着店で買ったものはあとでも手に入るけど、もうひとつのほうはねえ。(笑う)ある気持ちのいい朝、肌着が見つからないことがあったわ。

パウリーネ (ふしだらに) あら、どうして?

ドーリス この仕事にかけては手堅い芸術家のわたしたちに高貴な婦人をいろいろと演じさせようとする男がいるのよ。

パウリーネ 面倒くさいわね!

ドーリス でも金払いがいい。四番目の、ちなみに最後のタイプは娼婦に娼婦以外のなにも求めない男。これがいちばん楽かな。(目の上に腕を乗せる) わたしの勘違いでなければね。

パウリーネ その四分類は意味深ね。ペディキュアを忘れちゃだめよ!

ドーリス (さっと身を起こす) 女を磨かないとね! 香油とバラオイルとペディキュアで! (足の爪を筆でなぞる) 公務員の身分と年金受給資格つきの国家おかかえのハーレム勤め! その手袋、誰に編んでるの?

パウリーネ 盲腸を取った人。国立銀行で運転手だった。わたしの兄と同じくね。

ドーリス　それが縁になったのね。その人、どうしてここへ来たのかしら？

パウリーネ　金塊輸送の襲撃事件と関係があるんじゃないかな。しゃべってくれないけど。

ドーリス　ベルヴェデーレ宮殿はゴミためね。へまな銀行強盗！　縄が切れて首つりに失敗した自殺未遂者！　店を三度もつぶした商人！

パウリーネ　教授はそういうゴミ人間に鼻が利くのよ。

ドーリス　暗いところでは歌うこともできない自由の歌い手。冒険ができない冒険家！　そういう連中のお相手をさせられる、わたしたちみたいな女が六人！　エロ本専門店の貸本みたいなもの！　安っぽい寝物語の本！　それもこれも、あの連中を手なずけるため！

パウリーネ　「うごめきのたうつ湯たんぽ」って、このあいだ言ってたわね。あれ、言い得て妙だと思ってた。

離れのガーデンハウスのドアが開く。青白い顔の若い娘シュテラが恐る恐る出てきて、ふたりのほうにゆっくり歩み寄る。

シュテラ　おじゃまかしら？

パウリーネ　こっちへ来て、すわったらどう？

シュテラ　わたし、六号室を割り当てられたんですけど、おふたりはそれでかまいませんか？

パウリーネ　あそこはどっちみち空室よ。

ドーリス　あなたの前にいた人は二週間で魂を手放しちゃった。そもそも魂なんて持っていたのか怪しいけど。まったくとんでもない話よ。

シュテラ　ど、どうして死んだんですか？

ドーリス　手の力が強すぎたのよ。

パウリーネ　わたしは五号室でね、悲鳴が聞こえた。それから男のわめきちらす声。それでおしまい。

シュテラ　（ぎょっとして）大統領？（ふたりは押し黙る）大統領が女を——絞め殺

したの？

パウリーネ （編み物をしながら） 焼き餅は陰湿な病気。

シュテラ だけど、大統領はどうして、あなた方のひとりに、ごめんなさい、わたしたちのひとりに焼き餅を焼いたりするんですか？ 世間ではここのことをよく噂にしていますよね。ベルヴェデーレ宮殿にはハーレムがあって、大統領は毎日のように装甲自動車で通ってくるって！ だから、わたしもここに来たんです！

ドーリス だから？

シュテラ ちょっとお願いがあるんです。――今度あの方が見えたら、おふたりともあの方をよくご存じでしょう――、あの方に耳打ちしてくれませんか？ 六号室に新しい子が入った。かわいい若い娘だって。「かわいい」は微妙かもしれませんけど、「若い」のはたしかです。

ドーリス どうしてそんなに急ぐの？

シュテラ どうしても話すことがあるんです。

パウリーネ （笑う） 話す？

シュテラ　あの方が望むことならなんでもします。悠長にしていられないんです。

ドーリス　事情を聞かせて！　わたしたち、下世話なことが大好きなの。それより、あなたの名前は？

シュテラ　シュテラです。父は上院議員です。でした、と言うべきですね。ある日、政府の高官が父を呼びだして、政治的な理由から逮捕すると脅したんです。そしてわたしが朗読者としてその人の別荘に住み込めば、目をつむると言うんです。

パウリーネ　朗読者なら、わたしもやったことがある。十六のとき。そのおやじ、すごい本ばかり持ってた！

ドーリス　そして上院議員は娘に言いましたとさ。「いい子だ。おとなしく言うことを聞くんだ。レースの肌着を買いなさい。歯ブラシも忘れないように。あの高官が機嫌を損ねようものなら、わたしの身になにが降りかかるかわかったものではないと心にとめていてくれ。神さまがおまえをお守りくださいますように。お務めに励みなさい！」

パウリーネ　それで、あなたは別荘に行ったのね。

シュテラ 行きました。それでも、父は監獄行きになったんです。そのときまで、わたしは……（うなだれてから）高官はとても満足していたというのに。だから、逃げてきたんです。大統領に会って訴えようと思って。でも、会わせてもらえませんでした。知り合いの主治医も耳を貸してくれませんでした。でも妹さんのところに住まわせてくれました。そこでやさしい年輩の紳士に会ったんです。身の上話をすると、その方がここに来る手配をしてくれました。

ドーリス それはまたご親切なこと。

シュテラ これ以上ひどいことにはならないでしょう。だって、父はまだ監獄に入ったままなんですから。

パウリーネ 親孝行なお嬢さんのシュテラ！

ドーリス よく聞いて。大統領なんていないのよ！

シュテラ、きょとんとする。

パウリーネ とっくの昔に死んでるの！

教授、両手を背中にまわして、庭園から出てくる。娘たちに気づかれないように立ちどまって盗み聞きする。

シュテラ　死んでる？　じゃあ、演説してるのは誰？　大臣を罷免するのは？　死刑宣告に署名するのは？　記念碑の除幕式をするのは？　暗殺未遂で怪我をするのはいったい誰なんですか？

ドーリス　フロックコートを着たオウムさん。ぜんまい仕掛けの自動人形。生前の大統領と背格好が同じそっくりさん。いまの操り人形は三番目か、四番目よ。

パウリーネ　わたしたちには見分けられるけどね。わたしたちのところではフロックコートを着ないから。右の肩胛骨のところにあざがある人、盲腸の手術痕がある人、ウオノメのある人。

ドーリス　ほかにも、記念碑除幕式では目立たないことをいろいろ知ってるわ。

シュテラ　（さっととびあがる）わたし、帰ります！

パウリーネ　入ったが最後、ここからは出られないわよ。足を先にしてなら別だけど。

教授　（近づきながら）それもだめだな。

シュテラ　あら、この人だわ！

ドーリス　やさしい年輩の紳士？　人を知らないにもほどがあるわ！

教授　上院議員のおしゃべりなお嬢さんには、早いうちにやりがいのある仕事を見つけてやらなくてはな。新しい仕事仲間と早くも親しくなったようだな。けっこう、けっこう。いろいろ教わるといい。

シュテラ、教授の喉につかみかかろうとする。

パウリーネ　（シュテラを羽交い締めにする）馬鹿なことはよしなさい！

ドラが鳴る。

教授　時間だ。みんな、部屋から出ないように。（シュテラに）ここの規則を勉強しておきたまえ。それから反抗したときの罰則もな！　この世にいないはずの大統領が、もしも今日、きみのところにお渡りになったら、立派な国民としてお迎えするんだぞ！　さあ、行った、行った！

ドーリス　（がっかりしているシュテラの腕を取って）教授、わたしたちのところにいらしたら？

パウリーネ、底意地悪そうに笑う。

教授　（小声で）しっ、しっ！

パウリーネとドーリスはシュテラを連れて、離れのガーデンハウスに入る。教授は舞台奥をうかがう。四号、五号、六号、七号登場。四人とも背格好が同じで、歩き方や身のこなしも瓜ふたつ。大綬章を肩から斜め掛けし、フロックコートを着ており、第一場と同じ髪型で、髭をたくわえている——大統領の生き写しが四人。

教授　四号！　足を引きずっているぞ！　そんな歩き方を教えたか？

四号 ウオノメのせいなんです、教授。
五号 娘の誰かにソープバスでも用意してもらえばいいさ。
四号 別のことをやってもらおうと思ってたんだがな。（ふたりは、にやにや笑う）
教授 （六号に）きみは自作自演で男やもめになったな！　また嫁探しをする気か？　ウオノメはないな？　また思い出作りがしたいなら——六号室に新しい娘が入った。だが頼むから、首筋をなでるときにはお手柔らかに！

六号、黙ったまま七号に向かっていく。

七号 こいつが女に目もくれないことはご存じでしょう。庭園に引っ張りだしたのはわたしです。こいつにはもう意志というものがありませんので。
教授 きわめて扱いやすい状態ということか。
五号 下がってもいいでしょうか？
四号 真夜中になる前に眠りにつくのが健康に一番いいですからね。
教授 家畜と同じだな。いや、もっとひどい。しっ、しっ！　授業には遅れるなよ！

四号と五号、大統領気取りで、ガーデンハウスに姿を消す。

教授　（あとを見送る）アニマル・リデンス。人間とは笑う動物なり。（七号に）輸出見本市の開会式に行う大統領の演説はどのくらい仕上がっている？

七号　統計局からは、まだわたしたちの二通目の書簡に返事がありません。

教授　二通目？

七号　あの貿易収支はラジオで流すおとぎ話には適当かもしれませんが、外国の専門家向きじゃありません。むろん教授のお名前で、信頼に足る資料を請求しておきました。

教授　きみは得がたい存在だが、図に乗ってはいかんぞ、七号！（退場）

七号　ああやってすぐ脅す。自分だってミスをするのにさ。（六号をむりやり椅子にすわらせる）きみはわたしが言うことを注意深く聞けるかな？　時間をかけたいのは山々だが、その時間がないんだ。

六号 どうして？

七号 大統領の誕生日のスピーチをラジオで聞いただろう。暗殺未遂のあとのセリフは原稿になかった。──恩赦は政治的にまずい。人は流れ弾で死ぬこともある。靴職人の御大、在位半年でおしまいだな。今日、明日にも三巨頭会談が開かれて、後任を決めるだろう。

六号 後任はあんただな！

七号 まさか。教授が思いとどまらせるさ。俺を信用していないくせに、必要としているからね。たぶんきみだ。教授に言わせれば、きみはきわめて扱いやすい状態にある。

六号 （思案しながら）まさか、奴らは俺の女房をわざわざここへ連れてきたと言うのか？　殺させるために？

七号 奴らは、きみが彼女のせいで人生をめちゃくちゃにされたことを知っていた。きみが彼女のせいで、過去を消したこと、そしてそれでも彼女のために三度も脱走したこともね。きみはあまりに反抗的だった。

六号　外では恋人や金がいくらでもあって、気が気じゃなかったからな！　あいつはここでなにをするつもりだったんだ？　教授はどうやってあいつをここにおび き寄せたんだ？　いまはもうあいつに訊くこともできない。あっという間のできごとだった。あいつははじめ、俺がわからなかった。髭のせいさ。そしてあいつが言い寄ってきたとき、俺は殴りつけ、俺が誰か叫んだ。女の首はワイングラスの脚部《あし》のように折れやすい。あいつは騒がなかった。あれでよかったのさ。

七号　彼女はモルヒネ依存症だった。麻薬Gメンが教授に引き渡したんだろうな。いったん留置場に入れてしまえば、教授は待つだけでいい。二、三日なんて、ものの数じゃない。

六号　恰好の悲劇の一丁上がりか。

七号　悲劇の時代なんてもう終わったさ。あるのは事故ばかり。交差点と変わらない。

六号　教授には事故の落とし前をつけさせる。

七号　そのうちにな。それより本題だ。（古い硬貨の半欠けをだす）きみが「玉座」

についたら、この古代ローマ貨幣の半欠けを大統領の子息に渡すんだ。ほっといても知り合うことになる。きみは彼の「父親」だからね。

六号、硬貨を見つめる。

七号 握手するときに、この半欠けを握って渡すんだ。誰にも気取られちゃいけない。いつもどおりにやるんだ。三人組が要求することを寸分違えず！

六号 今日か明日、奴らが俺じゃなく、四号か五号か他の奴を連れていくときは、この半欠けの貨幣をあいつらに渡すのか？

七号 君の番まで待つ。きみは信用できるからな。

六号 大統領の子息はなんでまだ生きているんだ？

七号 大統領が本物だという証拠に、夫人と子息が必要なのさ。ふたりは大統領の身分証明書というわけだ。それに子息は、五つの国の隠し金庫に手記を封印していて、死んだら公表されることになっている。いずれにしても、三人組はそう信じている。だから子息の健康を大いに気づかっている。

六号　子息が死なないとは残念だな。

七号　生きてるのは幸運さ。

六号　いったいどういう計画なんだ？

七号　教えるわけにはいかない。だが手を貸してほしい。

六号　それじゃ、なぜその半欠けをその子息に渡す必要があるんだ？

七号　子息が残りの半欠けを持っているからさ。

幕

第四場

教授の書斎。書物、ファイル、電話、配電盤、格子窓。部屋にいるのは、教授、首相、陸軍大臣、主治医。

教授　（電話をかけている）いいと言うまで、邪魔しないでもらおう。（受話器を置く。手をもむ）うれしいですね。またおいでくださるとは光栄の至りです。めったにお会いできませんので。首都とベルヴェデーレ宮殿を往復する噂の装甲自動車でたまにいらっしゃるだけですし。大統領が乗っているというのは真っ赤な嘘で、じつは空っぽの車ですがね！

陸軍大臣　われわれはいろいろと忙しい身なのだ。

首相　（窓辺で）すばらしい木立ちだ。すがすがしい空気。日中でも夕方の長閑な時間が楽しめる。うらやましいかぎりだ。

教授　そろそろみなさまがおいでになる頃だと思っていました。うちのよくできた靴職人はやはり死んだのですね。

首相　軽率な恩赦宣言をしてしまった報いだ。

主治医　治療むなしく。

教授　そういうことも覚悟しておかねばなりますまい。

陸軍大臣、腕時計を見る。

教授　みなさまの貴重な時間が許すなら、授業参観もできます。

陸軍大臣　できます、だと？　するに決まっている！

首相　（教授に）口が滑ったね。

陸軍大臣　できます、だと！　こいつはもうすこしで言うところだった。してもよい、とな！

教授　お気をつけください！（観客席を指さす）壁に耳ありです。

他の三人、観客をじろじろ見る。ぎょっとするが、平静を装う。

陸軍大臣　なんだ、ここにいる連中は、久しく監獄にぶち込まれたことがないと見える。食い物にもたらふくありつき、厚顔無恥なようだ。

首相　（目算する）トラック十台で足りるか。

陸軍大臣　バラックが二つか三つ。電流の流れる有刺鉄線。便所。要所要所にサーチライト、機関銃。

首相　生きるも死ぬも国家次第。

主治医　骨抜きになって生きることがどんなに快適か、ここにいる者たちはまだ知らないと見える。

陸軍大臣　不逞の輩が！（教授に）だがこんな手垢のついた劇場のトリックでわれわれの気をそらそうとしても、うまくはいかないぞ。シルクハットの手品ごときでそう簡単に現実を引っ張りだせるものか！

四人、観客席など存在しないかのようにそっぽを向く。

首相 陸軍大臣はきみの言い方に立腹しているのだ。

陸軍大臣 「みなさまの貴重な時間が許すなら、できます！」（車椅子を叩く）皮肉には我慢ならん。わかったか？

教授 （主治医に）兵営育ちの癇癪持ちには、ぜひ鎮静剤を一本打つべきですな。しかし打ち過ぎには注意してください。このうえ陸軍大臣まで養成する羽目に陥るのは御免被りたいので。（陸軍大臣に）相手かまわず命令するのは結構ですが、わたしにはおやめください。この学校はわたしが考案したものです。この学校がなければ、みなさまは今頃、すてきな制服を着て、郵便局で切手を売っているころでしょう。あるいは、どこぞの奥地のジャングルで野蛮な現地人に火縄銃の使い方を教えているところかもしれません。その代わりに、最新鋭の軍隊に号令を発したり、武器商人からあれやこれやの額面で空手形をもらったり、上院議員のうぶな令嬢に愛の手ほどきをしたりできるのは、わたしのなせる業です。「みなさまの貴重な時間が許すなら」、ぜひともわたしに感謝していただきたい！　どうかお忘れなきよう。

首相　われわれは仲好くしなくては。国家を四人で牛耳っている。仲間割れは禁物。

主治医　四人でひとつ。

陸軍大臣　わかった。もういい。──それで、あの娘はもうここに来ているのか？

教授　一時間前に。

陸軍大臣　（腕時計を見る）あの娘とちょっと話がしたい。時間は取らせない。あの娘がここにいさせてほしいと膝を突いて、泣きつくまででいい。あいつは泣くのが大好きだからな。

教授　閣下がガーデンハウスを訪ねるのは、当方の規則違反になります。

陸軍大臣　それは残念だ、先生。

教授　新しい大統領がお入り用のはずです、閣下。いまはそちらが重要でしょう。（大判写真の束を机から取り上げる）まずは類似性に関して二言三言。左が本物の大統領で、右は替え玉一号です。

主治医 ときおり大統領の代理を務めさせていた刑事だな。

教授 そのとおりです。

陸軍大臣 この男が暗殺事件の当日、胆石痛を訴えなかったら、本物の大統領は、いまも生きていたかもしれない。

主治医 胆石持ちの刑事がいてよかったではないか。

首相 似ていることといったら、驚くばかりだ。

教授 本物の大統領を脇に置いて、この刑事と替え玉二号をぜひ見比べてみてください。

首相 きみの学校の第一期卒業生だな。

主治医 敬愛する大統領夫人の髪をいつまでもいじくっていた理髪師だ。（口ずさむ）「フィガロ、フィガロ、フィガロ！」

教授 彼は自分の仕事が命でした。自然死でした。

陸軍大臣 いろいろあるものだ！

首相 似ていることといったら、驚くばかりだ。

教授　刑事は外して、理髪師の横にこのたび恩赦宣言で息絶えた、労働組合出身の靴職人の写真を置きましょう。

首相　似ていることといったら……

主治医　……驚くばかりだ。

教授　結論はいかがでしょうか？

陸軍大臣　きわめて簡単だ。四人は見紛うほどそっくりだ。

教授　それは違います！（写真を取り替える）たとえば本物をこの靴職人と並べてみましょう。どうです、似ていますか？

主治医　違うところがある。顎の形が異なる。こめかみのあたりも。

首相　たしかに。

陸軍大臣　手品みたいだな。

教授　つまり？

首相　隣接する前任者と後任者の類似性は互いに離れている場合の類似性よりも説得力がある。

陸軍大臣 幾何学の定理みたいに聞こえるな。

教授 首相のお考えは悪くありません。ですが、ご覧に入れたかったのは別のことです。より徹底的な観察にも耐えるようにすることです。そのために、わたしは印象操作をする必要がありました。じつは理髪師とみなさんが思っていたのは本物の大統領でした。靴職人と思っていたのは理髪師で、刑事と思っていたのは靴職人だったのです。そして本物の大統領と思っていたのが刑事でした。先ほどの類似性に関する定理に反論の余地はないように見えますが、こうして順番を壊すと、まったく意味をなしません。

主治医 すばらしい！ つまり本物の大統領が存命で、きみのところに身を隠していて、きみがあとでわれわれのところに連れてきても、われわれは本人のことをできの悪い替え玉だと思って、お払い箱にするかもしれないということだな？

教授 そのとおりです。

主治医、笑いながら膝を叩く。

陸軍大臣　なんで足をなくしたのか、これでわかったぞ。あの老いぼれの本物がくたばったのは本当だと、俺が言うためだったんだ。

教授　そんなこと、わたしたちのほうがよく承知しています。あの方を密かに「埋葬」したのですから。閣下の功績は別のところ、言うなれば物理的領域にあります。閣下が負傷なさって、あの方の頭に覆い被さらなかったら、絶命したことを騎馬警官に気づかれるところでした。大統領は重傷を負っただけと世間に向けて首尾よく喧伝することはかなわなかったでしょうな。

陸軍大臣　丁寧なご教示、いたみいる。

主治医　たしかにその場に伏せるかわりに、あの方の頭に覆い被さったのは歴史的功績と言える。（笑う）ものは言いようだ。

教授　それにしても、あの靴職人の出しゃばりめ、あれはわれわれの命取りになるところでしたな。教皇庁使節の目は節穴ではありません。人間を道具に変えるというわたしの方法には、まだ改良の余地があります。（主治医に）医学と化学はもっと積極的に教育学に貢献しなければ。人間をモルモットとして調教するだけでは、もはや要求を満たせません。国立研究所はなにをやっているのでしょうな？　モルモット人間にはさらなる進化が必要です。正確に作動するリモコンマシンを作り上げ、それに新しいコピーを作らせるのです。

主治医　いまはそんな悠長なことをしていられないんだ、きみ！　使える支配者をひとりだしてもらおう。急ぎなんだ。

首相　輸出見本市の開幕を宣言しなければならない。外貨準備が底を尽きそうでな。

陸軍大臣　外国の仲介人どもがわれわれを食いものにしている。

教授　いずれにせよ、輸出銀行の帳尻をうまく合わせておかなければ。さもないと開会の辞で専門家の失笑を買うでしょう。必要な手は打ってあります。

主治医　後継者を！　それが肝心！

教授　選びに選んで、ふたりに絞ってあります。そのひとり、七号はとても気が利きます。しばらく前から、いろいろとわたしの手伝いをさせています。今日の誕生日の演説も、七号が作成したものです。

陸軍大臣　頭がまわる奴はだめだ！

教授　わたしとしても手放したくありません。

首相　きみの目があるから、そいつは役に立つし、無害なのだ。もうひとりは？

教授　六号です。以前は扱いづらかったのですが。家庭の事情で。しかし――その「家庭の事情」を取り除いてからは最適の候補者になったと思います。いまでは女性向け自転車のように扱いやすいです。

陸軍大臣　知性は？

教授　平均的です。それに、心が荒《すさ》んでいて、ろくに判断ができない状態です。その上、ものまねの講習会ではすぐれた成績を上げています。とくに声色がうまいです。それから、外見が靴職人によく似ています……

電話が鳴る。

教授　（受話器をとる）邪魔をするなと言ったはずだぞ。――そうか。――絶対に目を離すな。感情を持つチェスの駒というのはじつに厄介だ。新しい仕事に慣れるのを待とう。待てば海路の日和ありだ。（受話器を置いて腰を上げる）では六号をご自分の目でお確かめください。

陸軍大臣　（電話を指さしながら）なにがあったのだ？

教授　閣下がご執心の上院議員の娘ですが、自殺を図ったのです。

陸軍大臣　あの娘ならやりそうなことだ！（車椅子をドアのほうに向ける）まったくけしからん！

主治医　自殺してはいけないかね？

陸軍大臣　自殺はサボタージュにほかならない。

首相　国有財産を勝手に処分したことになる。

陸軍大臣　絶望した奴がみな、首をくくって死ぬところを想像してみたまえ！

主治医　ぞっとするな！　支配する相手がいなくなる。

教授　幸い、教会も自殺に反対しています。

首相　そして協定に調印している。

主治医　教会はわれわれよりも世間の受けがいい。

幕

第五場

学校風の広間。机、椅子、巻き尺など寸法を測る道具類、体重計、裁縫師の仕事場にありそうな大きな三面鏡が数台。ラジオと蓄音機、電気制御盤。演台の上に玉座のような椅子、第一場とそっくりのもの。壁には独特のポーズをしている大統領の絵や大判写真。

広間は大統領もどきであふれている。多ければ多いほどよい。全員、フロックコートに綬章。すわっている者、立っている者、歩いている者、ひとりでいる者、群れている者。その動きは――すくなくとも会話がはじまるまで――すこしのあいだ、パントマイムのように見える。八号と九号は、三面鏡の前で身振りやポーズの練習をしている。十号と十一号は、このふたりの動きを直している。十二号は、重々しく自信満々に演台から下りるところを何度も真剣に練習している。十三号と十四号は、櫛と髭ブラシを持って、互いに髭と髪型を修正しあっている。

四号、体重計に乗っている。

六号 （体重計の針を見ながら）七十四キロ二百グラム。

七号 （日誌に記入する）七十四キロ二百グラム。二百五十グラムほど減ったね。

四号 むりもない。あんな恐ろしいことがあったんだから。

五号 どういうことだい？　思わせぶりに言うのはやめてくれ！

四号 「やめて！　お願い！　お願いだからやめて！」と女は悲鳴を上げた。そのときの彼女はじつに美しかった。肌着姿の麗さ。体はほっそりしていたが、必要なところはしっかり出ていた。

七号 （記録しながら）三日間、追加食B――では次！

四号、体重計から下りる。

五号　（体重計に乗る）それで？

四号　「さんざん俺たちを振りまわしやがって。こっちへ来い、このあばずれ！」と俺は言ってやった。すると、あの女は言った。「窓から飛び降りてやる！」そこで俺は言ってやった。「飛び降りてどうする？　ここは一階だぞ！」

五号、笑う。

六号　（体重計の針を見て言う）七十四キロ八百三十グラム。

七号　（記録しながら）七十四キロ八百三十グラム。太ったな。

五号　それから？

四号　まあ——娘にその気がないんで、こっちもやる気をなくした。——だから退散したよ、パウリーネのところへな。

五号　あいつはいやと言ったためしがないからな。

四号　だけど、あの最中に言ったぜ。「ねえ、六号室、ばかに静かなんだけど」。

七号　一週間、朝の体操コースAをやること。（記録する）

五号　（笑う）それだけでいいのか？（体重計から下りる）

七号　次はきみだ、六号！

六号、体重計に乗る。
七号、体重計の針を動かす。

四号　だから、パウリーネにさっきの話をした。そうしたら、あいつ、すぐにベッドから出て、六号室を見にいった。俺もあとにつづいた。そしたらあの娘、窓のかんぬきにロープをかけて、首を吊っていた。足を高く上げて。体操でもしているみたいだった。

七号　（記録しながら六号に）ブドウ糖を一日に四回。

四号　俺たちはロープを切った。体はまだ温かかった。助かると思う。

六号、体重計から下りる。
七号、日誌をもったまま体重計に上がる。
六号、体重計の針を動かす。

八号　日誌の分を体重から差し引くのを忘れるなよ！
六号　七十四キロ百五十グラム。
七号　（記録しながら）七十四キロ百五十グラム。
八号　（からかうように）生クリーム五十キロを一日に十二回摂取。
七号　（体重計から下りる）おまえだぞ、八号！

八号、体重計に乗る。

五号　助かるのか！　そりゃよかった。で、このあと、どうするんだ？　ここは駅の救護所か？
四号　あの部屋は呪われてるな。前の奴は絞め殺されて、新しいのまで首を吊るとは。

五号　聖母昇天！（笑う）

六号　七十四キロ五百グラム。

七号　（記録する）七十四キロ五百グラム。標準体重。

八号、体重計から下りる。

広間のドアが開く。陸軍大臣、首相、主治医、教授が登場。ドアが閉まる。

十二号　気をつけ！

候補生たち、それぞれの動作を止める。

陸軍大臣　いつもながらとんでもないな、この光景は！

教授　わたしのモルモットたちです。（七号に）体重にひどい変化はないな？

七号　許容範囲です。ダイエット、体操、食事の追加、いつもどおりです。

教授　（候補生たちに）諸君に伝えることがある。みんな、興味を持つはずだ。大統領が本日、みんなで聞き、録音もしたあの演説の直後に亡くなった。そこで、新人を宮殿に送ることになった。（十二号に）きみのこめかみは白くなりすぎだ。染めるように！（ふたたび全員に）「盲目的に従順たれ」というのがきみたちの第一の掟だ。片目を開けるのも、目くばせをするのも禁止だ。諸君の同僚はほんの束の間、誓いを忘れた。当然のことだが、あの者の在職期間にも生存期間にも有益ではなかった。

七号　学校のためではなく《ノン・スコラエ》、死ぬためにこそ《セド・モルティス》、われらは学ぶ《ディスチムス》。〔訳注　「生きるためでなく、学校のためにわれらは学んでいる」という古代ローマの哲人セネカの言葉にかけている〕

陸軍大臣　やけに教養があるな。

教授　そうです。あれが七号です。

首相　職業は？

七号　教師であります。

主治医　なぜここへ来たんだね？

教授　文化への不快感、世相への絶望。昔なら修道院に入っていたでしょう。

七号　人類は大志を抱けなくなりました。缶詰にした保存食になること、それがみんなの夢です。ブリキ時代のはじまりであります。

陸軍大臣　アーメン。

首相　われわれといっしょにやる気はあるかね？

七号　人間に関わって計算違いをした者は、その差額を人間に返したい衝動に駆られるものです。

主治医　なるほど。（教授に）もうひとりは？　女性向け自転車だったか？

教授、六号を指さす。

首相　きみはなにをしていたのかね？

教授　六号！　答えたまえ。

六号　建築家であります。

陸軍大臣　なぜここへ来た？

六号　何度か不幸な事故がありまして。交差点で起きる類いのものです。悲劇はもう流行《はや》りません。

主治医　なるほど。——教授、調教のできをすこし見せてもらおうかな？

教授　わかりました。今日の演説がいいでしょう。何週間も練習していますので。（六号に原稿を渡す）壇上へ、閣下！　他のみんなは——すわれ！

十二号、重々しく演台から下りる。

六号、役になりきって演台に上がり、椅子にすわると、原稿を広げて咳払いする。

教授、再生機を操作する。彼以外は全員着席。しんと静まりかえる。

テープレコーダー　（殺された靴職人の声）承知のごとく、我輩は多言を弄する者ではない。むしろ行動で語るのをよしとしている。世に知られていることだ。そういう評価を変えるつもりは毛頭ない。そのことは、いつの日か世界史が知るところとなるだろう。ここ数年も、世界のどこでも通じる行動という簡潔な言葉で多くのことを成し遂げてきた。

教授　（手で拍子を取り、いまや恍惚とした指揮者のように腕を振る）六号！（再生機を止める）

六号　（完璧に同じ口調で）元来、同盟国はわれわれの行動を敬い、敵国は恐れをなしたものだ。ところが混迷する今世紀、それはもはや自明のことではなくなってしまった。国の内部においても、国家間においても、そうなのだ。われわれは国境を拡大してきたが、それは力を誇示するためではない。あれは作戦行動ではなく、離散した我が同胞を取り戻すためだった。かくしてこの国には安寧と結束がもたらされた。いちいち説得するまでもなく、国民は納得した。

教授　（拍子を取り、止めの合図を送り、テープレコーダーをかける）交替！

テープレコーダー　もちろん多少の反乱分子はいる。プロの反体制活動家や外国からの金で雇われた裏切り者がそれだ。だがそういう輩はいま、不安に苛まれ、穴に籠もっている。あと一歩、もうひと押しで、かのネズミどもは罠にかかる。穴に籠もるか、罠にかかるか、どちらかしかない。他に選択肢はないのだ。だからこう公言して差し支えないだろう。

教授　（拍子を取り、テープレコーダーのスイッチを切って、指揮する）六号！

六号　仕事は半ばまで達成した。あとは完遂あるのみ。それをなすべきは誰か？　誰がなしうるのか？　責任を分け合うことはできない。義務感がめざすのは最後の瞬間だけだ。この職務と名誉は、我輩にとって終身刑も同じだが、国民と歴史に対して上告するわけにはいかない。だから今日ここで、我輩に課された重責に感謝しよう。我輩は職務と名誉と責務を受けよう！

教授、止めの合図を送り、テープレコーダーをかける。

シュプレヒコール　万歳！　万歳！　万歳！　大統領に――感謝！　大統領に――感謝！

遠くで礼砲の音。

教授　原稿をしまう！

六号、原稿を胸のポケットにしまう。

シュプレヒコール ひと目——大統領の——お姿を！ ひと目——大統領の——お姿を！ 大統領の——お姿を！……統領の——お姿を！

教授 （指揮しながら）演台から下りる！ ゆっくり！ 威厳をつけて！ もっと威厳をつける！ きみは独裁者なんだぞ！

六号、そのあいだに演台から下りる。

教授 以上！ 終了！ ご苦労！（額の汗をぬぐい、どうだと言うように三人の訪問者を見る）

六号、重々しい足取りで、七号のところに行く。
テープレコーダーは動きつづけ、ズドンという銃声。
六号、びくっとする。

テープレコーダーが喧噪、一斉射撃、暗殺者の死にそうな悲鳴を伝える。
教授、すごい勢いでテープレコーダーのところへ行って止める。
陸軍大臣、大笑いする。

主治医 これで替え玉の右頰から血が出ていたら完璧だ。完全に錯覚しそうだ。

首相 まあまあ、気を落ち着けてくれたまえ、教授。いまの男はじつにうまかった。

(陸軍大臣と主治医に) その候補生でやってみよう。

陸軍大臣 上出来だ! 誉めないといかんな。尊敬に値するぞ、先生! 軍曹になる資格はある! (六号に) 荷物をまとめてきたまえ!

六号と七号、ちらっと顔を見交わす。

教授 わたしに恥をかかせるような真似はするなよ、六号。きみはわたしのおかげで、得をするのだからな。

六号 得をするのは教授でしょう。

教授　きみが職務につけば、きみの母親が月々、ケープタウンから受け取る金は二倍になるんだぞ。

陸軍大臣陸軍大臣　ケープタウン出身なのかね？

七号　そこの大きな建築事務所に就職していることになっています。といっても、働いているのはヨハネスブルグの支店ですが。

主治医　いいところだ、南アフリカは。

六号　ええ。母はせっせと貯金しています。来年、訪ねたいと言ってきています。

教授　それは今後も断りたまえ。

六号　もちろんです、教授。（七号と握手する）

教授　それから、大統領になっても指示に従うことを忘れないように。国家安寧のためだ。そして母親のためでもある。女は充分にいるが、母親はひとりだけだからな。

首相　（すこしいらいらして）建築家だって、そのくらいわきまえているだろう。

六号、ドアのほうへ行く。

教授　わたしのことを忘れるなよ！

六号　（ドア口で）忘れません、教授。（退場）

幕

第六場

数週間後。豪華なスイートルームの一画。別室に通じるドアが開いている。廊下に通じるドアは両開き。大統領夫人はワードローブから軍服一式をだして、トランクにしまう。少佐（見目麗しい男性、上品で、まだ若い）がカウチに腰かけて、タバコをふかしている。壁には金縁の額に収まった大統領の油絵の肖像画（フロックコート、綬章）。

大統領夫人　女が軍服に惚れぼれするのは、どうしてかしらね。

少佐　正直言って、自分はそんなこと知りたくもありません。ひとつわかっていることがあるとすれば、女性が軍服に惚れなければ、世界史は違うものになっていたということでしょう。ずっと快適で、人の絆が濃くなっていたはずです。

大統領夫人　そうしたら、あなたはエンジニアになったでしょうね。あるいはホテルのボーイかしら。

少佐　兵舎の前に、あなた方女性の記念碑を建てるべきでしょうね。台座に記す標語は「われわれの生死を司る女性に捧ぐ」。

大統領夫人　それで、あなたは？（トランクを閉じる）女に好かれたくて軍人になったの？（少佐に歩み寄る）

少佐　（両手を夫人の腰にあてる）そうであります、と言えばいいですか？

大統領夫人　この数週間はすてきだった。あなたのおかげね。でも、これでお別れ。（少佐の髪をなでる）こんな年増の相手をするなんてお嫌だったでしょう？　おまけに上からの命令だったんですから。

少佐　（夫人を引き寄せて、キスをする）軍人は服従するものです。しかも盲目的に。ただし自分は服従しても、盲目的ではありません。

大統領夫人　こんな年増なのに。

少佐　年増？　若い娘など、わたしにはどうでもいいことです。若い娘をよく知ってるのは、わたしたちのどちらだと思いますか？

大統領夫人　ずいぶん昔だけど、わたしにだって若い頃があったのよ。

少佐　よしてください。それは暦の上だけのこと。生まれつきの経験というものがあります。あなたはなにも知らずに、すべてを知り尽くしておられた。世が世なら火あぶりになっていたことでしょう。

大統領夫人　魔女だと言うの？

少佐　滅相もない。経験があると言いたいだけです。しかし、あなたはやはり魔女でしたね。

大統領夫人　ホメーロスが言っている。魔女のキルケーは男たちを豚に変身させた、と。語り部が聞いて呆れる！　変身させたところで、なんだというのかしら？　教えてくれる？

少佐　そうですね――英雄オデュッセウスは、やはりオデュッセウスでありつづけます。

大統領夫人　そうね。計算のできる豚だった。（壁の絵を指さす）あの人と同じ。わたしは彼欲しさで結婚した。あの人は当時すでに外国貿易銀行の副頭取だった。スチームローラーみたいな働きぶりだった。

少佐　それで？

大統領夫人　あの人はわたしを恐れるようになって、彼の体はわたしを求めなくなった。だから、わたしは旅に出た。

少佐　サムソンもデリラを旅に出してやればよかったということですか。しかしサムソンは銀行の頭取ではありませんでした。だから夜中に髪の毛を切られてしまったのですね。

大統領夫人　わたしがパリで洋服を買っているあいだに、あの人は経済大臣になった。その頃はまだ数字の曲芸師で、それ以上のものではないと思われていた。特技を持つ人間ということ。あの人は、麦畑に潜む戦車のように統計や貸借対照表を隠れ蓑にした。

少佐　ああなったのは権力の座に就いてからということですか。なるほど。しかし、なんであの方を担ぎ上げたのでしょう？　会計の虫を無害だと思うなんて、お粗末もいいところです。人間なんて、あの人にとって小数点以下の数字だったのですよね。

大統領夫人　外国からの融資が必要だったのよ。それはあの人なしにはむりだった。それに——あの人はクーデターに資金をだしたの！（意地悪く笑いながら）しかも国費からね！

少佐　犠牲者の金で人殺しを買収したということですか？　それは知りませんでした！

大統領夫人　忘れてちょうだい。そのことを知っていて、忘れられなかった人が数人、働き盛りに命を落としている。記憶は体に悪いのよ。

少佐　では、あなたはお目こぼししてもらっているということですか。

大統領夫人　お目こぼしだなんて。わたしが生きていることは、連中にとって大事なことなのよ。お守りみたいなものだから。

少佐　「連中」というのは？

大統領夫人 あの輩。数人の輩。

少佐 あの輩！（大統領の肖像画に顎をしゃくる）ああいう輩ですか！　だが、あの方はあなたを必要としませんよ。数人の輩だって、あの方は必要としていないでしょう。

大統領夫人 あの方、ね！（怒ったように笑う）真相を明かしてもいいんだけど！（少佐の髪をなでる）やっぱり、やめておく。

少佐 話してください！

大統領夫人 だめ。

電話が鳴る。

少佐 （受話器をとる）なんだ？（送話口に手を当てる）政府の車が迎えにきました。（電話に向かって）奥さまがお通しするように言っておられます。（受話器を戻す）監察官が直々に顔をだすそうです。

大統領夫人 （飛びあがる）あの連中が「笑え！」と言えば、みんな笑う。あの連中が「行け！」と言えば、みんな行く。あの連中が「この男と寝ろ！」と言えば、（少佐を指さす）みんなこの人と寝る。あの連中が「自分を軽蔑しろ！」と言えば、みんなそうする。

少佐　われわれが服従するかぎり、あの方たちが言うことは正しいですから。

大統領夫人　みんな、自分とあの連中を軽蔑している。

少佐　尊敬など必要でしょうか？　恐れで充分でしょう。

大統領夫人　意識を保ちつつ、前後不覚になってる！

廊下に通じる両開きドアが開く。監察官と大統領夫人の子息が旅の身なりで部屋に入ってくる。三人はお辞儀する。少佐は直立不動。

監察官　旅仕度はできましたか、奥さま？

大統領夫人　いいえ。（大統領の子息に）ここであなたに会えるなんて驚きだわ。

大統領の子息　息子といっしょに帰ったほうが見栄えがいい、と大統領の仰せです。（少佐に）あなたといっしょに帰るよりもね。

大統領夫人　夫がそんな繊細な心を持っているなんて、うらやましいかぎりだわ。
少佐　（大統領の子息に）お父上のおっしゃることはいつも正しいと存じます。
大統領夫人　（少佐に）あなたにはあとで別れの挨拶をするわね。（隣室に入って、ドアを閉める）
大統領の子息　（監察官に）少佐と話すことがあるんです。

監察官、ためらう。

少佐　大統領夫人につづいて、ご子息とも知己を得られるとは光栄の至りです。
大統領の子息　皮肉は困りますね。
監察官　（子息に）喧嘩はいけませんぞ、ご両人。個人的感情など偏見に等しいものです。では広間でお待ちしております。（退場）

少佐、両開きドアをそっと閉め、真剣な面持ちで子息に手を差しだす。

大統領の子息　（心を込めて握手する）気をつけて！　壁に耳あり。（腰を下ろす）扉に目ありです。

少佐、そばに向かいあって腰かける。

大統領の子息　(声をひそめて)母があなたとここへ来る前の日、靴職人は死にました。

少佐　そうですか。——ついさっき、もうすこしのところでお母上が話してくれようとしました。ご主人の大統領についてね。

大統領の子息、ぎくっとして口をつぐむ。

少佐　もうすこしのところで、お母上は口をつぐんでしまいました。

大統領の子息　この次も母は黙っているでしょうか?

少佐　お母上のことは、あなたのほうがよくご存じのはず。

大統領の子息　(もっと声をひそめて)しかしこの次はないかもしれません。靴職人が死んだあと、新しい大統領である父に紹介されまして、その男がわたしの手に半欠けのコインを握らせたのです。

少佐、背筋を伸ばす。

大統領の子息　ベルヴェデーレ宮殿からのメッセージです。

少佐　「あの者」がうまくやりましたか！

大統領の子息　あそこでは「七号」と呼ばれています。

少佐　七号。半欠けのコインは「あの者」の準備ができたという合図です！

大統領の子息　わたしたちの準備はできていますか？

少佐　第八機甲師団の司令官が合図を待っています。司令官だけではありません。憎悪がたぎっています。いまにも爆発します。陸軍でも、海軍でも、空軍でも。上院や大学や工場でも同じです。野蛮行為にも方法が必要です。世論を弾圧する者は、抑圧する側よりも抑圧される側のほうが世論を知っていることを忘れてはなりません。弾圧者は容赦なく統制すればするほど、世論がわからなくなるものです。他人の自由をすべて取り上げたりすれば、その者がなにを考えているか皆目見当がつかなくなるでしょう。

大統領の子息　政治の三角法ですね！

少佐　あなたのために詩的に表現するなら、弾圧者は闇の中で手探りするのです。しかも自分で敷設した地雷原で。

大統領の子息　それでも、わたしたちのクーデターが失敗したら？

少佐　権力がひと握りの人間に集中すればするほど、排除するのは容易になります。その数人を始末すればいいのですから。

大統領の子息　ずいぶん簡単そうに聞こえますね。

少佐　それは簡単ですとも。――国全体を手に入れたいときは、どうすればいいか？　首都を掌握するのです。首都を掌握したいときは、どうすればいいか？　駅、飛行場、放送局、中央郵便局を占拠するのです。それには信頼できる一個連隊があれば充分です！

大統領の子息　明日の建国記念日に大統領は大演説をします。回顧、現状報告、将来の展望などを語るでしょう。内閣、将軍、提督、外交団、警視総監が参列します。上院は解散を宣言することになっています。

少佐 絶好の機会です。われわれは宮殿を包囲します。年に一度のお祭りで一網打尽。

大統領の子息 それから七号を迎えにいくんですね。

少佐 いや、その前に彼が必要になるでしょう。すぐそばにいてもらわないと。前政権の連中を逮捕するのは、一個連隊で充分です。われわれの味方は一個師団になります。しかし国民指導者が協力してくれなければなりません！　放送局を占拠するのはなんのためだと思います？　彼が演説をするためです。政府の連中を捕まえるのはなんのためだと思います？　奴らに裁きを下すためです。道を切り開くのはなんのためだと思います？　彼が新たな目標を示すためです。

大統領の子息 ベルヴェデーレ宮殿からどうやって連れだすのですか？　教授は油断なりませんよ。

少佐 油断する奴では張り合いがありません。

大統領の子息 誰が彼を連れだすのですか？

少佐　彼は時間どおりにマイクの前に立つでしょう。

大統領夫人、旅支度を整えて部屋に戻ってくる。
大統領の子息と少佐、立ち上がる。

大統領夫人　あなたたち同い年みたいね。

大統領の子息　子息と愛人、よくある話だよ。

少佐　教養のある方からお話をうかがえるのは楽しいものです。

大統領夫人　（子息に）先に行ってて！

大統領の子息と少佐、互いに型通りの会釈をする。
大統領の子息、廊下に通じるドアから退場。

大統領夫人　あの子は自分の母親が女だからといって軽蔑してる。（少佐をちょっとなでる）いろいろ思い出作りをするものだから。

少佐　本を買って、あとで読もうと思うのと同じですね。

大統領夫人 冬になったら読むわ。夜が長いから。――でも、一年に四季があることを忘れていたわ！

少佐 そうですね。あなたの頭には夏しかないでしょうから。

大統領夫人、笑う

少佐 それはそうと、ご子息は感じのいい方ですね。

大統領夫人 感じがいい！ 悪口に聞こえるけど！ 感じがいいのは、力も悪意もなくて、激しいところがない人間だから。つまり無能な人間――あの子の血管にはレモネードが流れているのよ！

少佐 ご子息はあなたを軽蔑していると言うのですか？ 憎んでいるのは、あなたのほうでしょう。

大統領夫人 自然が悪いのよ。だからコガネムシを産むような雌馬なんかがあらわれるのよ！ 夫はろくでなし！ でも、頼もしかった！

少佐 過去形？

大統領夫人　権力欲に取り憑かれるまではね。

少佐　陸軍士官学校の少佐にとっては、尊敬する国家元首についてしかるべき方の口から具体的に聞けるのは興味深いことです。

大統領夫人　わたしがうっかり口をすべらすと思ったら大間違いよ。あなたのことはわかってる。

少佐　女性の本能と国立気象観測所にはまず間違いはありません。

大統領夫人　少佐は寝言で真実を語るというわけね。

少佐　（びくっとしてから）そんなのは当てになりませんよ。この国ではみんな、眠っていても嘘をつきますから。

大統領夫人　とにかく陸軍大臣を、わたしほど愛してはいないのよね。

少佐　夢のせいで首が飛ぶかもしれませんね。

大統領夫人　なにをするにも国家。国家も三人目として、わたしたちのベッドにもぐり込む。

少佐　国家がわたしたちといっしょにくたびれはてると言うなら——それも結構。

大統領夫人 国家はわたしたちを愛したりしない。国家は目をつむることはない。
（少佐にキスをする。ノックの音）

監察官 （登場）お時間です、奥さま。

大統領夫人 （少佐に）あなたは模範的な随行員だったわ！

少佐 それを言うなら随行少佐〔訳注　大統領夫人が言う「随行員」の原語はReise-marschall。要人の旅行に随行する官職だが、その語に含まれるMarschallは本来「元帥」を意味するため、少佐はここで自分の階級に言い直している〕であります！

大統領夫人 昇進できるように取りなすわね。（少佐にハンカチを渡す）口紅の跡を拭きなさい！（監察官といっしょに廊下に通じるドアから退場）

少佐 （鏡の前に行き、口紅の跡を拭いて、無造作にハンカチをゴミ箱に捨てると、受話器を取る）首都防衛司令部に大至急つないでくれ！　そうだ。待っている。

幕

第七場

一日後。第三場と同じ庭園の情景。パウリーネは髪にカーラーをつけて、編み物をしている。ドーリスは草の上にすわって、また足の爪を塗っている。シュテラはテーブルでだらしなくリキュールを飲み、煙草を吸いながら、前を見つめている。

パウリーネ　新聞に出てたんだけど、人間がまた信心深くなってるそうね。わたしもそうみたい。

ドーリス　銀行が信用できなくなったものね。

シュテラ、関心なさそうに笑う。

ドーリス 裁判官は無実の人を有罪にするし、研究者は世界の没落にご執心。医者は依頼殺人に手を染める始末。なにが正しいかを、悪党が決めるようになってしまって、義を尊ぶ人は良心の苛責にさいなまれている。

シュテラ (また笑う)「かの者たちはおのれの所業を知らないがゆえ」。

ドーリス 唯一確かなのは、なにごとも不確かだってこと。だから多くの人がお祈りにすがるのよ。害にはならないし、気持ちが落ち着く。

パウリーネ 愛すべき神さまは母親のエプロンというわけね。

ドーリス 他の人の脚をまるで蠅みたいにひきちぎる人がいる。でも外野の人たちは同情はしても、なにもしない。あらかじめドアには鍵をかける。

シュテラ 乾杯! 神さまに乾杯! (笑って酒を飲む)

パウリーネ (ドーリスに) すごいわよね! 窓にぶらさがったのを助けられたのが嘘みたい。それが、どうよあれ? 二、三週間もたったら酒浸りになって、わたしたちの男をかっさらっていく。今度、あの子に個人教授でも頼もうかしら。

シュテラ　あのまま死なせてくれればよかったのよ！

ドーリス　（シュテラに）わたしは収容所に三年いたわ、ひとつの共同房に女が四十人。ひもじい上に、病気になるし、殴ったり、引っかいたり。汚くて、臭くて仕方がなかった。毎日、床を磨くみたいに体をごしごしこすっていた。猥談をしながら死んでいく。これだけは覚えておきなさい。お祈りもできない奴は徹底的に身体を洗ったほうがいい！

シュテラ　あのまま死なせてくれればよかったのよ！

パウリーネ　今度首を吊ったら、ロープを切ってやらないよ。約束する。

シュテラ　首を吊るのはもう手遅れ。ゆっくり死にたいの。分割払いで。（笑う）そのほうが得でしょ。

ドラが鳴る。

シュテラ　（よろよろと立ち上がり、グラスとボトルを手にとる）さてと、次の分割払いね!

パウリーネ　この子ったら、待ちきれないみたい。

ドーリス　(パウリーネに)ほっときなさいよ!

シュテラ　そう。ほっといて!(ガーデンハウスのほうへ行くが、もう一度ふりかえる)おまけに子どもができるわよ。(退場)

パウリーネ　(立ち上がる)十人以上も父親のいる子ども! 気をつけたほうがいい。あの子には振りまわされそう!

ドーリス　(立ち上がる)きょうび、神経をやられたら、すぐに頭がおかしくなるわ。あっという間よ。

パウリーネ　(歩きながら)気の毒に。でも、わずらわしいわね。売春宿は精神科病院じゃないんだから!

パウリーネとドーリス、離れのガーデンハウスに入って退場。

舞台はしばらく無人になる。それから四号、五号、七号、八号、九号が庭園から登場。いつものフロックコートを着ている。七号、腰を下ろし、時計を見る。

七号　四号と五号は俺のところにいてくれ。他の者は（離れのガーデンハウスを指さしながら）無料の種付けに精をだしたまえ。ただし話し声は中継されていることを忘れるなよ！　ほら、さっさと済ましてこい。

八号　（九号に）おやじさんみたいに命令しやがって。

九号　無料の種付けだとさ！（七号に）いけすかない奴だ！

四号　（すわりながら、八号に）俺は忙しい、とあの子に言ってくれ。心配するといけないからな。

八号　あの子の気をそらせることを、なにか思いつけるかもしれない。

五号　（すわりながら、八号に）おまえの思いつきで、気をそらした奴がこれまでにいたかな。

四号　自分の気をそらすことすらできないものな。（笑う）

九号　（八号に）おっ、あいつら、あそこにすわって、編み物をしているぞ！　将来に備えて産着をこしらえてると見た！　男が妊娠したら、世も末だ！（七号に）俺は新しい無秩序よりも古い秩序のほうがいいな！　それなら勝手がわかる！　新しいと、どうなるかわからない。（八号に）さあ、行こう！

八号　あいつの言うとおりだ！　俺たちはここでうまくやってる。お返しに髭を生やしているが、むりな要求かな？　ときどき草葉の陰に隠れる奴が出て、誰かが連れていかれる。それがどうだっていうんだ？　どんな業界にだって、職場の事故はあるものさ。

九号　編み物をさせておけ！

八号　（七号に）俺たちなんて井の中の蛙さ。おまえのために飛びだせって言うのか？（九号に）ああいう手合いが横やりを入れて、世界をよくしようとする！（七号に）俺たちの幸せがどういうものか、どうしてそんなにはっきりわかるんだ？　えっ？（小さな間）ほっといてくれ！（怒鳴る）ほっとけって言うんだ、こんちくしょう！　よし！　じゃあ、行くぞ！

五号　早く行けよ！　いい具合に興奮してるじゃないか！（笑う）

八号と九号、急いでガーデンハウスに入り、退場。

四号　あいつの言うことは世迷い言に聞こえるけど、そんなに悪くない。おまえの計画が頓挫したら、俺たちの首が飛ぶ。あまり考えたくないが、それだけは間違いない。（七号のほうに身を乗りだす）だけど、計画がうまくいった暁《あかつき》には、俺たちはどうなる？　おまえは大臣か上院議長、あるいは在バチカン大使にでもなるのか。いいよな。欲しいものが手に入るだろう。しかし俺たちはどうなんだ？　あいつとか、俺は？（ガーデンハウスを指さす）あいつらは？（反対の方角を指さす）他の奴は？　おれたちはどうなるんだ？　まさか本気で、（五号を指さす）こいつがまた蒸気機関車の機関士になりたいと思うのか？

五号、顔をしかめて笑う。

四号　疾走する釜をなつかしがってると思うか？

五号　（机を叩く）まさか！

七号　国鉄管理部だって、こいつは願いさげだろう！　酔っぱらって信号を見落とし、乗客八十三人を首都ではなく、天国に運ぶような機関士じゃ、お呼びじゃない。

五号　（椅子からぱっと立ち上がる）もうやめろ！（すこし落ち着いて）四号の質問に答えたらどうだ。（すわる）あんたの計画がうまくいったら、俺たちはどうなるんだ？

四号　しかも望んでもいないのに？

七号　（すこし退屈そうに）おまえたちは勘違いしている。雪崩《なだれ》はすでに起きはじめている。それを止められると思うのか？　そんなのはきわめて不健全だ。

五号　あんたの言う雪崩が起きなかったら？　雪玉程度で終わるかもしれない。ここにいて、それがわかるのか？　そりゃ。むりだ！

四号　（いらいらして、五号に）話を混ぜっかえすなよ！（七号に）あんたの仲間が、あんたがここでやっているように外でなにか企んでいるとしよう。それぞれが編んでる靴下がうまいこと対になったとして。そのとき俺たちがどうなるか、それを教えてくれ。

五号　誰も元には戻れないだろうな。みんな、なんらかの事情を抱えている。とすると、どこへ行けばいい？　俺たちを外人部隊にでも売りつけるか？

七号　それは考えすぎだ。

四号　俺たちを剝製にすればいいさ。展示用にな。それで、あんたは俺たちをお払い箱にできる。

七号　考えておこう。ひとつだけたしかなのは、三食女付きのサービスを受ける能なしは、あしたからいなくなるってことだ。まさか新政府が失業した髭面たちに老人ホームを認可するわけもないしな。

四号　俺たちには契約書がある。約束は果たしてもらわないとな。

五号　俺たちは国外移住許可証を要求する。

七号　おまえたちをどうするか、まだ考えていない。

五号　たまには考えるべきだな！

四号 一番いいのは、いますぐ考えることだ！

七号 とりあえず、ひとつだけわかっていることがある。今晩は、みんな、ここに帰る。

四号 ここに帰る？ どうしてだ？ ということは、俺たちはあんたの革命に招かれているのか？

五号 こりゃあ、名誉なことだ！（四号に）俺たちは存在を否定される場に立ち会えるってことさ！

四号 俺たちに特等席を予約してくれたかな？ それとも、兵営の襲撃をすることになるのか？

七号 そのときが来ればわかる。いずれにしても、ことが済んだら、おまえたちはここに戻ってくる。数週間はここにいてもらう。おまえたちの映画を撮影することになる。

五号 映画？ 俺たちの？

七号 その映画は国内外で注目され、遅ればせだが、われわれのクーデターを正当化することになる。

四号　なるほど。題名はなんだ。「ベルヴェデーレ宮殿の髭面ども」とか「大統領製造工場」とかかな。教授と俺たちが大活躍するわけだ！

五号　ガーデンハウスの娘たちも撮影するのか？（四号に）おまえ、あの飲んだくれの娘とラブシーンでもやれ！　パウリーネは九号と肉弾戦だ！

四号　教授が映画スター！

七号　なかなかいい結末だ。

四号　結末？　なあるほど。

七号　昔だったら、ああいう連中は最後に鉄の檻に入れられて、さらし者にされたんだがな。そのあと八つ裂きにされて、その数だけ伝説が増える。だけどいまは、ああいう連中と連中がやったことを写真に撮る。歴史改竄《かいざん》は、先住民のように絶滅するだろう。

四号　出演料はどうなってる？

七号　われわれが満足すれば、おまえたちも満足するはずだ。

五号　俺は酒場でも開くかな。子どものときからの夢だったんだ。

教授、庭園から彼らのところにやって来る。

七号　（小声で）起立！

三人、立ち上がる。

教授、すわる。

三人、そばに行く。

教授　祝日の行事は順調にいっている。国を挙げてのお祭り気分だ。はじめは命令されたものだったが、いまでは本当の喜びと見分けがつかない。恐怖は歓喜に変わる。収容所でも、みんなが感激して、帽子を宙にほうり投げている。新しい心理学書が書かれねばならないな。テーマは「教育可能なメカニズムとしての精神。事務員、兵士、囚人、工員」。

四号　料理本のようだな。「人肉を焼いたり、煮たり、腸詰めにしたりするためのレシピ百選」。

教授　そのとおり。美食家向きだ。

七号　どうして御自分で書かないのですか？

教授　そのうちな。

五号　（意地悪く笑う）そのうち？

四号　映画を作った方がいいですよ！

五号　教授が主役！

ふたり、笑う。

七号　馬鹿なことを言うな！

教授　（時計を見る）さて。そろそろ、みんな、大宮殿に集まっている頃だ。十五分ほどで、上院は「率先して」権限を大統領の手に戻すことになっている。つづいて、大統領はこの集団自決に感謝を述べる。

五号　そのあとバルコニーに立たなければいいんだが。

四号　さもないと、三十分以内にまた新しい大統領が必要になるかもしれない。

教授　暗殺は失敗つづきだからな、やる気がなくなっている。きみたちはここから出ても、平穏な老後を過ごせるはずだ。

五号　（七号に）おい、聞いたか？

教授　（七号に）十分後、講堂に集合！　建国記念式典を中継で観賞する。（立ち去ろうとする）

少佐　（お抱え運転手のお仕着せを着て庭園からあらわれる。教授に）そこにいましたか！

教授　わたしに用かね？　それより、誰だ？

少佐　装甲車の運転手です。

教授　嘘を言うな。

少佐　正確には代理です。運転手は義兄と今生の別れをしたいと言いまして。義兄は監獄にいまして、明日、移送されることになっているのです。ですから、この休日を利用するほかなかったのです。

教授　身分証を見せたまえ！

少佐、身分証を渡して、みんなの様子をうかがう。

教授　（身分証をあらためながら）監察官は、なぜいまになって車を寄こすんだ？　大統領は建国記念式典に出席しているはずだ。きみがここへ車をまわす意味がない！

少佐　わたしに訊かれましても。わたしは運転手の代理で、宮殿警備部の人間ではありません。好意で代行しているのに、うさんくさい目で見られるのは心外です。

教授　宮殿に電話してみる。（立ち去ろうとする）

少佐　（ピストルを抜く）動くな！（他の者たちに）七号はいるか？　知り合ったときは髭がもっと少なかったから、どいつかわからない。

七号　いいときに来てくれた、少佐。（四号に）ガーデンハウスからふたりを連れてくるんだ。（五号に）おまえは他の奴を呼んできてくれ。みんな、帽子を持ってくること。それから手袋も。正しいクーデターをしなくては。

四号　（五号に）外と内の靴下は、ぴったり対になりそうだな。（離れのガーデンハウスに入って退場）

五号　帽子と手袋——埋葬式に行くみたいにか！　まあ、実際、これは埋葬式みたいなものだしな。（舞台の反対側に退場）

少佐　（教授のポケットを淡々と探っている七号に）宮殿をはじめ要所はわれわれの手中にあるはずだ。戦車が大通りを遮断し、軍師が地方の駐屯部隊へ派遣されている。わたしはこれからあなたを放送局へ案内する。

七号、探していたものを見つけて、ポケットに入れる。

少佐　青酸カリか？

教授　（七号に）その小さなチョコレート菓子のほうが手間が省けるだろうに。

少佐　どうせ手間などかからない。それに、国民にこれだけのことをしておいて、チョコレート菓子で死ぬなんて、釣り合いが取れない。

七号　（少佐に）宮殿の衛兵とはひと悶着あったか？

少佐　当直士官は士官学校でわたしと同期だった。電話網、駐車場、変電所はわれわれの手中にある。

七号　兵隊は?

少佐　給料が二倍になった。

教授　二倍なら言うことを聞くはずだ。(七号に) 最後にひとつ教えてくれ給え──きみは何者だ?

少佐　最後の質問だぞ! 二年ほど前、ロンドンでひとりの男がホテルの窓から墜落した。亡命者だった。

教授　「国民指導者」か、覚えてる。あの事故は好都合だった。

少佐　その男は七階からまっさかさまに道路に墜落した。(七号を指さして) ここにいるのがその男だ。

教授　替え玉か?

少佐　おまえたちが放った刺客は別人を突き落としたんだ。

七号　もういいだろう!

少佐　（七号を指さして）死んだ男の胸ポケットに身分証明書を入れておいた。

教授　国外のエージェントは当てにならないな。（七号に）偽物が本物の身分証明書を持ち、本物が偽物の身分証明書を持っていたということか。勘違いするとは情けない。

少佐　（いつでも後頭部を撃てるように教授の背後にまわる）動くな！　怖いかね？

教授　（しきりに自分を見ながら）まさか。しかし膝が。

七号　（少佐に）こんな奴、ほっとこう！

教授　手までふるえるとは、じつにみじめだ。（よろめく）

少佐　（七号に）あなたがそう言うなら。（ためらいがちにピストルをしまう）寛大さなんて、贅沢だ。

七号　まだこいつが必要だ。

八号　（離れのガーデンハウスから急いで駆けだす）本当にはじまるのか？

九号　（上着の袖に片手を通しながら、あわててついてくる）こんなのありか！　お楽しみの真最中だったのに！

四号　（最後に登場）あの頭のいかれた女が、こいつをなかなか放そうとしなくて。

八号　（教授を指さして）こいつに恐れをなしていたが！　時代は変わるもんだ！

九号　こいつがいなくなっても、別の奴が出てくるさ。

ドーリスとパウリーネ、ネグリジェ姿で離れのガーデンハウスから出てくる。

ドーリス　本当だわ！

パウリーネ　でも教授を縛り上げてもいない！

四号　そういうのはもう流行らないからな。

八号　縛るまでもない？（教授のところにゆっくり歩み寄る）ふるえてる。

教授　ただの条件反射だ。

八号　モルモット一同からの挨拶だ！（教授の頰を張る）これも「ただの条件反射」だ。（もう一度殴る）

パウリーネ　それじゃ荷物をまとめて、他の売春宿に移ろうかしら。

七号　（ふたりの女に）このままここにいるんだ！
ドーリス　（パウリーネに）わたしたちを修道女にでもするつもりね。革命家はなにをしても許される。
パウリーネ　国は変えられても、わたしはむりよ。
七号　ここにいるんだ。俺たちは戻ってくる。（ちらっと教授を指さしながら）そいつを見張っていろ！（四号と八号に）そいつをガーデンハウスに連れていけ！
教授　いやだ！（逃げようとする）
四号　（教授をつかまえて）動くな！
パウリーネ　（腕を差しだしながら）いらっしゃい、いとしのお方！
八号と四号、教授を離れのガーデンハウスのほうへすこしずつ引きずっていく。
八号　馬鹿な真似はするな！
四号　ベッドに向かって前進！

ドーリス　やっといらしてくれるのね、教授！

九号　妬けるな。

教授、振り払おうとするが、殴られ、引きずられていく。七号と少佐以外の男たち、笑う。

パウリーネ　嫌がる人を見るのははじめてよ。失礼しちゃうわ。両手を背中にまわして結わえちゃいましょうよ。

四号　おまえの背中にか？

ドーリス　それから耳をふさがなくちゃ。自分がよがるところを聞こえないように。

七号　連れていけ！

教授　よせ、やめろ！

四号と八号、教授をガーデンハウスに押し込む。

パウリーネ、勢いよくついていく。

教授の声 放せ！（殴られる音）

パウリーネの声 （おどすように）ほら、キスをして！

四号、八号、九号は笑う。

ドーリス （七号に）ところで、成功を祈ってるわ。後悔のないように！

七号、こっくりうなずく。

五号、十号、十一号、十二号らが帽子をかぶり、手袋をつけてあらわれ、他の者のために手袋を持ってきて急いで配る。全員が身だしなみを整える。ドーリス、ガーデンハウスに入って、ドアを閉める。

少佐 本当にこの展示品たちをいっしょに連れていくのか？

七号 （四号に）当直士官のところへ行き、ガレージで待っていたまえ！

四号 （他のみんなに）歩調を揃えて進め！（七号と少佐以外の全員、おとなしく軍隊式に隊列を組んで、少佐が登場した方向へ退場）

七号　（少佐に）わたしがラジオ声明をだすのに合わせて、あの連中には首都の要所要所に姿をあらわしてもらう。同時にふたり一組で。ふたりの大統領が腕を組んで、港湾地区、兵営前、大広場、省庁のビルの前といったふうに。

少佐　（感心しながら）戦車とお笑いか、奇抜な取り合わせだな！

七号　笑いの波状攻撃は砲弾よりも安上がりだ。

少佐　（微笑みながら）心配無用。砲弾は山ほどある。（時計を見る）時間だ！（ふたりは立ち去ろうとする）

教授の悲鳴が離れのガーデンハウスから聞こえる。
七号と少佐、立ち止まる。
教授の悲鳴、しだいに小さくなって消える。
七号と少佐、ガーデンハウスのほうを見る。

少佐　聞いていて楽しい歌声ではないな。

七号　拷問室のようだ。（ガーデンハウスのほうへ行こうとする）

パウリーネ （ガーデンハウスのドアを勢いよく開け、深呼吸して、ドアにもたれかかる）言ったでしょう。あの子、頭がおかしいって。リンゴをかじるみたいに、あのおいぼれに噛みついたわ。あたしたちはあの子を引き離そうとした。前にシマウマを襲うライオンを映画で見たけど、あれとそっくりだった。あの子の歯は口紅を塗ったみたいに真っ赤っ赤！

少佐 おまえの仲間があの男を噛み殺したのか？

パウリーネ 仲間ですって？　良家のお嬢さんのほうが怖いのよ。お高く止まってるせいで、なにもかも台無しにしてしまう。教授は死んだでしょうね。あの子も目をまわして、絨毯の上でひっくり返っているわ。

ドーリス （パウリーネのそばに近寄る）六号室はやっぱりやばいわ。

パウリーネ なにがあったって、二度とあの部屋に入るもんですか！

ドーリス あの人、瓶からこぼれたラズベリージュースみたいに血を流してる。

七号 娘を連れだして、部屋に閉じこめておけ！

少佐 よし、時間だ。

七号　あいつを生かしておきたかったのだが。行こう！（少佐と共に退場）

パウリーネ　（ガーデンハウスの階段を下りる）わたしだって、教授を生かしておきたかった！（階段にすわる）あいつはマゾヒストだったと思う。認めようとしなかったけど。（寝そべる）夕方には、みんな帰ってくるのね？

ドーリス　そうよ。あの人たちは大急ぎで世界を変えるつもり。（ガーデンハウスに退場）

パウリーネ　あの人たちがなにもかもひっくり返したって――女がいなけりゃ、やっていけないわ！

幕

第八場

郊外の酒場、テーブルクロスをかけていない木のテーブルが並んでいる。背景の壁には大統領の大きなカラー写真。コート掛けのフック。トイレのドア。スロットマシン。上手《かみて》に、道路に面した窓二枚と入口のドア、ラジオ受信機。下手《しもて》に、ビールサーバーのコックと流し台のついたカウンター。数脚のスツール。舞台手前からカウンターの裏へ向けて階段がある。下手の壁に厨房のサービングウィンドウと住居に通じるドア。

カウンターの後ろにおかみ。スツールのひとつに商船の水夫。テーブルには、コーヒーを飲みながら持参したパンを食べている会計係と行商用の首かけトレーをテーブルにのせて、ビールを飲んでいる年配の物売り。四人はラジオ受信機を見ている。スロットマシンのところで若者がしきりに遊んでいる。ときどきコインがじゃらじゃら出てくる。

七号の声 (ラジオ放送で国民に呼びかけている) こうして血塗られた喜劇が演出されたのだ!

会計係 これが信じられたら幸せだ。

水夫 黙れ! この声を知ってるぞ。以前ロンドンから放送していた。

七号の声 殺人、暗殺、病気で操り人形がひとり死ぬと、次の操り人形が箱からだされた。操り人形は引きつづき、逮捕し、財産を没収し、陵辱し、拷問し、殺害してきた。そして国民は恐れおののいてきた。

酒場のおかみ だからなに? 怯えていたって、ビールは飲むわ。

少佐の声 静粛に、静粛に! 国民指導者のお言葉である!

七号の声 諸君の不安を追い払おうではないか!

物売り (ラジオの声に重ねて) やっぱり、昔の同志だ……

会計係 知ってるのか?

物売り　知っていた。

七号の声　殺人者どもは、もはや諸君の裁き手にあらず。ふたたびしかるべき者が罰せられることになる。法と正義がふたたび対になった。昔のように法と正義はきょうだいになろうとしている。罪なき者にとって最後にしてもっとも苦汁に満ちた苦悩と言える、良心の呵責はついに、それが生じたところ、つまり罪ある者のところに戻るのだ。

少佐の声　静粛に、静粛に！　国民指導者のお言葉である！

七号の声　諸君は、三年前に路上で死んだ者にいまなお忠誠を誓っている。殺害された殺人者に、である。諸君の忠誠はあの男と共に死んだ。

水夫　（スツールからよろよろと立ち上がる）こいつを下ろさないと。（背景の壁にかかっている肖像写真のところへ行く）

酒場のおかみ　（カウンターからあわてて出てくる）そのままにして！（水夫を追う）

水夫　こんな写真、踏みつけてやる！

七号の声　忠誠と良心なき時代は終わりを告げる。わたしはこの時をもって、臨時

若者　政府の首班となる。政治犯は即刻解放する。

水夫　（唖然として）じゃあ、おやじも出所するのか！（スロットマシンで遊びつづけながら）わけがわからず、きょろきょろするだろうな！

酒場のおかみ　（肖像写真をはずそうとする）お次の人、どうぞ！

会計係　（水夫の腕にしがみつきながら）そのままにして！　新聞に載るまでは！

七号の声　（こわごわ）おかみの言うとおりだ。トリックかもしれない。あるいはラジオドラマ！

物売り　賠償法と選挙法の草案は亡命中に練ってある。ただちに審議され、可決されるだろう。

少佐の声　すると、死んだ人間も新しく結構な分け前がもらえることになるな。

水夫、おかみを乱暴に抱きしめ、キスをする。

静粛に、静粛に！　指導者のお言葉である！

外で戦車が近づく音。戦車はブレーキをかけて止まる。

若者　（ちょっと面白がって）戦車だ！（スロットマシンでゲームをつづける）

会計係　（物売りのところに近寄る）まだ一発の発砲音もない。変わった革命だ。あんた、黒靴用のヒモは持ってるかね？

物売り　ちょっと様子を見たほうがいいでしょう。今回は黒靴が禁止になるかもしれませんからね！

七号の声　われわれのもっとも崇高な任務は、自由と秩序の均衡を元に戻すことにある。

会計係　なんだ、ヒモがあるじゃないか！　それをもらうよ。（ささやかな商売が成立）

七号の声　これはただのスローガンではない。一途な願望ではなく、まさに必要不可欠なことなのだ。その見返りとして、われわれが期待しているのは国民と諸外国の人々の信頼だ。

酒場のおかみ（水夫に）触らないでよ！（衣服を整える）世界史がひっくり返ったというのに、あたしのブラウスを破こうとするなんて！（カウンターに駆け込む）

水夫　おまえは自分がなにをしたいかわかっていないくせに。だが、これはしたいはずだ。

七号の声　われわれは分別ある者と共に分別のあることを成し遂げたい。独裁体制下で罷免された官僚、解散させられた党と労働組合の役員すべての参集を求める。これは要請であるが、要請は命令以上のものでありうる。ただちに大宮殿に来たれ！

戦車兵（行軍するような勢いで酒場に入ってくる）俺の戦車にビール六本！

酒場のおかみ（熱心に）はい、ただいま、少尉さん！（ボトルをカウンターの上に置く）

七号の声　試練を受けていない主義主張などなんの証明にもならない。経験こそが唯一無二だ。われわれは諸君を必要としている！　われわれには経験があり、試練に耐えた者が必要なのだ！

会計係　（戦車兵に）死人は出ましたか？

戦車兵　小犬を一匹ひき殺したほかは誰も殺しちゃいないさ。自分から死のうとする奴もいなかった。街の商店はまたシャッターを上げている。

酒場のおかみ　それはいい徴候ね。

七号の声　ただちに大宮殿に来たれ！　国家は諸君の力を必要としている。若者に諸君の模範を示す必要がある。

戦車兵　若者ならここにいる！（若者の頰を張る）

若者　（スロットマシンが金をはきだす）金が六倍になった！　あんたのおかげだ、ラッキー！（遊びつづける）

少佐の声　静粛に、静粛に！　国民指導者のお言葉である！

水夫　（大統領の肖像写真を壁からはずしながら）もう下りてもらうぜ、このおいぼれペテン師野郎！

会計係　（くすくす笑いながら）死んでからも名を残すのはやはりむりだったね。

水夫、ブーツで肖像写真を踏んづける。
戦車兵、瓶ビールを戦車に積む。

酒場のおかみ 額のほうは壊さないでおくれよ！
物売り 額に落ち度はないからね。
酒場のおかみ （戦車兵に）お代はいらないよ。
戦車兵 新時代が感謝する。（上手に退場）
七号の声 犯罪に手を染めた前内閣の閣僚ども、知事および上院議員全員が建国記念式典の最中に第八機甲師団によって捕縛された。判決は報復ではなく、賢明な判断に委ねられるだろう。
物売り つまりお偉いさんたちは柔らかいロープで首を絞められるってわけか。
七号の声 地方議員、市長、裁判官および教員は当分のあいだ、現職にとどまってもらう。
会計係 これが昔なら、「雑魚を縛り首にして、大物は見逃す」というのが相場だったけどな。

水夫　演説者はロープ産業を発展させたくないんだろう。

物売り　分別を働かせても、やっぱり敵はできるってことだね。

会計係　俺を見てくれ――俺はとっくに支配人になっていてもおかしくない。だけど、政権に反発していたせいでなれなかった。それで今度はどうかな？

酒場のおかみ　今度も支配人にはなれないね。あんたはそういう役回りなのさ。

七号の声　今日が建国記念日だというのは腹立たしいことだったが、実際に真の意味で建国記念日となった。われわれの国民は自由と秩序のうちに今後も建国記念日を祝うことだろう。いまからそのことはわかっている。そのために予言の力は必要ない。恥辱に満ちた恐怖の歳月を忘れず思いだし、よりよい日々が来ることを期待して祝うのだ。恐怖から解放されて今日という日を祝おうではないか！そして諸君、明日からまた働く日々がはじまる！（群衆の大きな笑い声が通りをやってくる）

少佐の声　静粛に、静粛に！　国民指導者のお言葉である！　ラジオの前から離れないように！　引きつづき放送がある！　指導者は放送局を出て、オープンカーで大宮殿に向かう！　ラジオの前にいるように！　第八機甲師団の戦車隊が指導者に随行する！　宮殿からふたたび国民指導者の放送がある！（第八場の終わりまで放送の合間に独特な放送休止の合図音が流れる）

四号と五号、歓声を上げる群衆に追い立てられるようにして、あわてて酒場に跳び込み、笑いながら追いすがる連中を押しとどめる。

誰かの声　操り人形どものためにみんなで乾杯だ！

四号（若い娘を酒場に引きずりこむ）入るんだ！（全力でドアを閉める）

五号（鍵をかけて、ほっと息をつきながら）えらい目にあった！（額をぬぐう）帽子に穴があいちまったぞ。とんでもない奴らだ！

水夫（笑いながら）操り人形がふたり！（会計係に）どうだい、これでも国民指導者が嘘をついてるって言うのか？（おかみに）ふたりの大統領閣下にビールを一本！

四号　（五号の帽子を取り、足を引きずりながらコート掛けのところへ行って、五号と自分の帽子をかける）それはありがたい！

酒場のおかみ　この店でドアに鍵をかけていいのはひとりだけだよ。このあたしさ！（ビールを一本とグラスをふたつ持ってカウンターの後ろから出てくる）

五号　（両手をひろげて）オルガ！

酒場のおかみ、グラスとビールを机に置いて、五号をじっと見つめる。

五号　亭主のグスタフはどこだ？

酒場のおかみ　（ためらいながら）墓場よ。

水夫　一年前からな。

五号　（有頂天になって四号に）聞いたか、未亡人だとさ！

四号　（足を引きずりながらテーブルへ行き、ビールを注ぐ）おめでとう！（ビールを飲む）ウオノメが痛くてしょうがない。（すわる）

五号、呆気にとられているおかみを抱きしめる。

水夫（脅すように）その未亡人は俺の嫁になるんだぜ、大統領閣下。

五号（手を振って）こいつは旦那がいる頃から、俺の女だった。（おかみの耳元にささやく）

酒場のおかみ（はじめはいやがるが、やがて）あんたはてっきりアメリカの鉄道で働いているものと思ってたわ。あんたがくれた絵葉書には「サン・フランシスコから遠くない」って書いてあったじゃない。

五号　ああ。そう書いておいた。

四号　それでいて、俺たちはすぐそばに住んでいたんだけどな！　それでもひどく遠かった。

五号　俺はもうここを動かないぞ。（カウンターに引っ込んだおかみのところへ行く）さあ、婚約なんて破棄しちまえ！（下手の住居に退場）

四号（若い娘に）さあ、おいで！（娘を引き寄せる）

娘　店がまた開いている。パンと牛乳を買いにいかないと。

四号　おまえはさっき通りで俺の髭を引っ張ったな。

娘　本物かどうか確かめたかったのよ。

四号　今度はおまえの番だ。じっとしてろ！

娘　髭なんて生やしてないんだけど！

四号　それはどうかな。

娘　やだっ！（飛び上がる）

物売り　こっちにおすわり。

娘、物売りのところに腰かける。

水夫　（酒場のおかみに）あいつはあんたになにを耳打ちしたんだ？

酒場のおかみ　誰にも聞かせられない話よ。

四号　（会計係に）婚約は破棄された。（飲む）

会計係　そして犬がひき殺された。すばらしい革命だ！（四号に）あんたが一、二年前に大統領になっていたら、わたしたちは気づいたでしょうかね?

四号 冗談は休み休み言え! 俺の前に立ったら、あんたなんかふるえあがったはずだ! 俺たちはお互いに勘違いするくらい似ていたしな!

若者 (儲けた金を数えながら) じゃあ、ひとつ演説してくれないか! ビールをおごるからさ。

四号 (ちょっと間を置いて) いいだろう!

若者 大統領にビールを一本! (金がチャリンと音を立てる)

酒場のおかみ はいよ、もう一本だね。(カウンターに下がろうとする)

四号 (おかみを引き止める) すわってろ! (おかみを椅子にすわらせてから立ち上がり、気取ってカウンターの後ろへ行くと、瓶の栓を抜き、グラスにビールを注いで飲んでから、気を引きしめる)

会計係 われわれは国会議員だ。(物売りと水夫以外の全員がいっしょに演じる)

四号 (大統領然として) 元来、同盟国はわれわれの行動を敬い、敵国は恐れをなしたものだ。ところが混迷する今世紀、それはもはや自明のことではなくなってしまった。国の内部においても、国家間においても、そうなのだ。

若者　万歳！　万歳！　万歳！

四号　われわれは国境を拡大してきたが、それは力を誇示するためではない。あれは作戦行動ではなく……

会計係　大統領万歳！（若い娘が声を合わせる）大統領万歳！

四号　（調子が狂って、手を横に振る）歓声を上げるのは、そこじゃない！（記憶をたどりながら）……作戦行動では……なく……離散した我が同胞を……離散した我が同胞を……（ふたたび役に戻る。前にも増して高圧的に、そして真に迫って）かくしてこの国には安寧と結束がもたらされた。いちいち説得するまでもなく、国民は納得した。もちろん多少の反乱分子はいる。

物売り　自由と秩序を！

四号　（物売りに）プロの反体制活動家や外国からの金で雇われた裏切り者がそれだ。だがそういう輩はいま、不安に苛まれ、穴に籠もっている。あと一歩、もうひと押しで、かのネズミどもは罠にかかる。穴に籠もるか、罠にかかるか、どちらかしかない。他に選択肢はないのだ。だからこう公言して差し支えないだろう。

酒場のおかみ やだ、また怖くなってきた。

四号 仕事は半ばまで達成した。あとは完遂あるのみ。

道路で銃声。

四号、よろっとして、顔を押さえる。

他のみんな、金縛りにでもあったかのようにすわっている。

五号 （下手のドアから出てくる。髭がなく、シャツとカーディガン姿、典型的な酒場の主）いまのは銃声か？

酒場のおかみ （飛び上がる）オットー！（五号に駆け寄る）

四号 血が出ているか？（自分の手をたしかめる）いいや、思いすごしか。変だな。（五号に）なんだ、髭なし五号か！

娘 すっかり別人！

五号 （水夫に）失せろ。花婿に用はない！（おかみをなでる）さあ、これでまた俺のものだ。
酒場のおかみ　グスタフのカーディガンがこんなに似合うなんて！
誰かが酒場のドアをがたがた揺すり、扉を叩く。
戦車兵の声　すぐに開けろ！
会計係　（ドアに飛んでいって、鍵を開ける）おお、これは少尉さん！
戦車兵、登場。会計係、ドアを閉める。
水夫　発砲したんですか？
戦車兵　ああ。ビールの空き瓶にな。（四号に）もうひとりはどこだ？
酒場のおかみ　もうひとりって誰のことですか、少尉さん？
戦車兵　もうひとりの髭面だ。連中を集合させるように、と首都防衛司令官が無線で命令してきた。
四号　どこへ連れていくっていうんだ？

戦車兵　陸軍刑務所行きだ。おまえらはふたりで店に入った。俺はふたりをしょっぴく。（ピストルを抜く）

水夫　（五号を指さして）もうひとりはそこだよ！

酒場のおかみ　これはわたしの夫よ！

若者　そうだ、店主だ。見ればわかるだろう。（スロットマシンに金を入れる）

水夫　もうひとりはそいつだよ。髭は剃れる。（会計係に）そうだろう？

会計係　（おどおどしながら）たしかに剃れるな。

戦車兵　よし、ふたりとも、来い！

四号　俺たちはベルヴェデーレ宮殿に戻れと言われている！　俺たちを映画に撮る手はずになっているんだ！

戦車兵　（ピストルを構えて）安全装置ははずしてある。

四号　（五号に）ほらな！　だから七号に訊いたんだ、「あんたの計画がうまくいったら、俺たちはどうなるんだ？」ってな。

五号　「それは考えすぎだ」と言われたっけな、国民指導者に。（おかみにキスをす

る）

水夫　早くも婚約取り消しだな！

四号　（五号に）さあ、行くぞ！（コート掛けのところへ行って、帽子をふたつとも取る）

酒場のおかみ　（五号に）また会える？

五号　（四号についていきながら）いまは誰にもわからない。（ふたりとも帽子をかぶる）

戦車兵　進め！　足並みを揃えるには及ばない。（戸口でおかみに）あらためて、ビールをごちそうさま！

戦車兵、四号、五号、上手に退場。

水夫　（カウンターの後ろへ行き、おかみを半開きの住まいのドアのほうへ押す）みなさん、十五分ほど失礼する！

ふたりは下手に退場、ドアが閉まる。

会計係　(くすくす笑ってから物売りに)女も楽じゃない。

物売り、立ち上がって、行商用のトレーを首から提げ、ビール代を机に置く。

会計係　あんた、国民指導者を知っているっていったよな?

物売り　ああ、知っていた。昔、仲間だった。

会計係　国民指導者が物売り?

物売り、大声で笑う。

会計係　じゃあ、これから宮殿へ行くのかい?

物売り　(上手のドアへ行きながら)いいや、市立公園へ行く。あそこのほうが陽当たりがいいからな。(退場)

会計係　変な奴だ。

若者　あいつは、うちのアパートの一番安い部屋に住んでる。昔はなんとかいう政党の大物だったらしい。それから二年間、収容所にいた。（スロットマシンで遊びつづける。娘は若者を見ている）

少佐の声　静粛に、静粛に！　国民指導者は宮殿へ移動中。部隊がこちら側につくという無線連絡が続々届いている。罷免された首相は三十分前、女装してイギリス大使館に入ろうとしたところを逮捕された。宮殿からは間もなく政府の声明が発表されることになっている。ラジオのそばを離れないように！　以上！

放送休止の合図。

若者　（娘に）俺のおやじが監獄から出てくるかもしれない。

娘　あたしの父さんはたぶん監獄行きね。（ふたりとも弱ったという表情で笑う）

会計係、物売りが置いていった金をテーブルから取って、さっと懐に入れる。

外では戦車が動きだす。

幕

第九場

第一場の広間。舞台前面に折りたたみ式の机と椅子、野戦電話機、マイクがあって、ケーブルがドアへと伸びている、祝日らしさは台無しになっている。

軍服を着た首都防衛司令官がその机に向かってすわっていて、彼の前に監察官が立っている。下士官がマイクの接続状況をたしかめている。

下士官　（マイクのテストをしながら）よく聞こえますか？　雑音ありませんか？　あとは電話の接続確認だけです！（受話器を取る）もしもし！　首都防衛司令官殿が、録音用テープを充分に持ってきているかおたずねです。（うなずく）ありがとうございます、中尉殿！（受話器を置く）用意は整いました、司令官殿！

首都防衛司令官　よし。

下士官、敬礼して退場。

首都防衛司令官　（監察官に）あなたがおっしゃったことは、われわれの情報と同じだ。ただし、われわれはすべてを把握しているわけではない。

監察官　わたしの知っていることなら、なんでもお教えします。

首都防衛司令官　わたしがきみを軽視していることが気に入らないのではないかね？

監察官　正直に言って、そんなことはありません。

首都防衛司令官　正直に言って？

監察官　忠誠心と愚鈍は同じではありませんので。

首都防衛司令官　忠誠心があるのか？

監察官　ときどきそのことを考えてみることがあります。誰が悪人になりたいでしょう。自分の目に悪人と映るような真似などできるでしょうか？　わたしは、権力者に仕えています。それがわたしの職務です。そして権力者の責務は、権力の座にとどまることです。もし権力を失えば、誓いを破ることになります。

首都防衛司令官　では、節操という言葉を、きみはどう思っているのかな？

監察官　それは学校の読本に出てくる煩わしい言葉のひとつですね。節操とは感傷をすこし上品に言っただけのものです。じつに有害な言葉と言えるでしょう。節操があると言えば、悪徳も美徳に衣替えします。そういう言葉があるせいで、政権交代の破局が訪れるのです。

首都防衛司令官　そんなのでたらめだ。

監察官　個人的見解です。お忘れください。

首都防衛司令官　わかった。仕えてきた政権はいくつになる？

監察官　今回を入れてですか？　三つ目です、司令官殿。

首都防衛司令官　それはおめでとう。

監察官、お辞儀をする。

少佐　（自動ドアを急いで通ってきて敬礼する）国民指導者が到着しました。ご命令どおりに北側面の門につけました。

首都防衛司令官　よくやってくれた。（電話に向かって）首都防衛司令官だ。いよいよだ。この広間から中継放送は行わない。中継ではない！　わかったか？　テープレコーダーに録音するだけだ！　それを公にするかどうか決めるのはわたしだけだ！　復唱しろ！　そのとおりだ。放送中断中は行進曲を流してくれ！　ご苦労、中尉！（受話器を戻す）（監察官に）逮捕者を連れてこい。

監察官、急いで退場。

少佐　放送中断中は行進曲ですか。逮捕者をここに連れてきてどうするのですか？

首都防衛司令官　（立ち上がる）あいつのまわりを敵に囲ませるんだ。いいだろう。（少佐に近寄る）そしてあいつの味方にさ。（マイクを指さす）全世界に向けて、おまえの指導者に判決文を読み上げさせる。

少佐　あの男はわたしの指導者ではありません。

首都防衛司令官　わかっている。だが、あの男はそのことを知らない。

少佐　全世界に向けてというのは、どういう意味でしょうか？　われわれ以外誰も聞かないはずでは？　テープレコーダーで録音するだけという手はずですが。

首都防衛司令官　わかっている。だが、あの男は知らない。

少佐　判決を下したのは誰ですか？

首都防衛司令官　軍事法廷だ。

少佐　あの男はその判決を読み上げはしないでしょう。

首都防衛司令官　そうなれば奴は自分に判決を言い渡すことになる。

少佐　あの男は自分の言うことに信念を持っています。口にするのは自分が信じていることだけです。あの男は善良で、最大多数の人間に最善のことを望んでいます。

首都防衛司令官　だから死刑判決が下されるんだ。

七号、広間に入って、少佐に微笑みながら挨拶し、首都防衛司令官をじろじろ見る。

少佐　（敬礼しながら）首都防衛司令官閣下であります！

首都防衛司令官、会釈する。

七号　（首都防衛司令官と握手する）あなたがトンネルを反対側から掘り進んでくれたことに感謝する。

首都防衛司令官　いや、われわれが手を握るのはトンネルの中ではない。地下活動はあなたの担当だ。

七号　いいや、それはどうでもいいことだ。これで計略が形をなす。（微笑みながら）仮面をかぶり、変装し、敵が味方に化けていたわけで。

首都防衛司令官　計略は成功だった。権力を掌握した。（机に歩み寄って、参謀本部の地図を指さす）抵抗していた最後の駐屯部隊もちょうど今、第三爆撃機編隊によって一掃されるところだ。

七号　駐屯部隊まるまるを？　それは殺人行為ですよ！

首都防衛司令官　その駐屯部隊の隊長は、逮捕された陸軍大臣の子息だ。（時計を見る）あっ、すまない。子息だったと言うべきだな。そもそもあの部隊は目障りだった。

少佐　空からの美容整形手術というわけですね。

七号　無駄な殺戮だ！

首都防衛司令官　内乱では、九十九パーセント勝利しても、まだ勝ったことにはならない。

七号（気持ちを抑えて、話題を変える）イギリスからの飛行機はいつ着くのかな？

首都防衛司令官　ロンドンはあなたの仲間の出国を当面、拒否している。まだ予断を許さない状況なので、閣下の閣僚名簿に載っている亡命者たちをこちらに呼ぶことができない。

少佐　外国は政権が安定してからでないと、承認しない。しかし外国が承認しないと、政権は安定しないものだ。

七号　あなたは意外とジョークがわかる方なのだね。（マイクを指さして）国民は閣僚名簿の公表を待っている！

首都防衛司令官　閣下の仲間のふたりが一年前にイギリス国籍を取得している。これはなかなか微妙な問題だ。

七号　（いらっとして）わが同志、亡命者諸君、わが閣僚諸兄と国内外の方々！（マイクを指さして）国民が待っているんだ。

首都防衛司令官　（アタッシェケースから紙を一枚取りだす）たしかに国民が待っている。これが名簿だ！

七号　名簿は頭に入っている。

首都防衛司令官　いいや、それはないな！

七号、名簿を手に取り、さっと目を通すと、啞然として顔を上げる。

首都防衛司令官　変更する必要があった。亡命先で足止めされている人物を閣僚にして政府の樹立を宣言することはできない。

少佐　外国のパスポートを所持している大臣など論外だ。国民はそういう大臣をできそこないのイギリス人と呼ぶでしょう。民の声には耳を傾けるべきだ！

七号　彼らは亡命したとき、靴底に祖国の土をつけていった。おたくたちの兵営に残っている土よりも多くの祖国の土をね！（名簿を叩く）こんな連中をそれも十人以上も大臣に据えろと言うのか？　陸軍や空軍の将軍に海軍の副提督。昇進させてくれる者に忠誠を誓う輩じゃないか。

首都防衛司令官　忠誠心というのは解釈の幅が大きい。愛国心だって、あいまいなものだ。

七号、名簿を引き裂き、紙切れを床に投げる。

少佐　（七号に）理髪師と仕立師が緑の間で待っている。新しい大統領は報道陣に接見するとき、前任者とは違う印象を与えなくては。

七号、少佐を無視する。

首都防衛司令官 (紙を一枚、机から取って、七号に差しだす) 国民も待っている。これは名簿の写しだ。

監察官 (登場。開いたドアのところで立ちどまる) 逮捕者を連行してきました。

首都防衛司令官、軽くうなずいて、七号に名簿を押しつける。

七号 (名簿を首都防衛司令官の手から叩き落として叫ぶ) 裏切りだ!

少佐、名簿を拾って、首都防衛司令官に渡す。

陸軍大臣、主治医、みすぼらしい女装をした首相、大統領夫人、大統領の子息、六号が拳銃を構えたふたりの兵士に連行されて広間に入ってくる。ドアがしまる。監察官が逮捕者たちを舞台中央に立たせる。

陸軍大臣 どうした。内輪もめでもしたかね? けっこうなことだ。

監察官　口を慎んでいただきたい！

主治医　（陸軍大臣に）なかなかやり手だな。

陸軍大臣　（大統領夫人に）奥さん、あなたの寝室のお伴をした少佐がそこにいる！

（主治医に）この者のほうがよっぽどやり手だ！

大統領夫人　（監察官に）下僕、わたしに椅子をちょうだい！

首都防衛司令官　（ためらっている監察官に）奥さんに椅子を持ってきたまえ！

監察官、命令に従う。大統領夫人、すわる。

少佐、大統領夫人に向かって形ばかりの会釈をする。夫人は彼を無視する。

首相　（首都防衛司令官に）わたしのスーツをお願いする、司令官。

陸軍大臣　（笑いながら）男として死にたいということか。

主治医　（陸軍大臣に）医学月報にはうってつけのテーマだ！「生来の政治家が手術を受けずにいかにして老婆になったか」――もっとも、もうすこし経過を観察しないと結果はわからないがね。

七号、ようやく逮捕者たちに気づく。

六号 やあ、七号。

大統領の子息 （七号に）この男からコインの半欠けをもらったよ。

七号 （ふたりに近づく）ここでなにをしている？

六号 判決を受けた。

大統領の子息 あんたがその判決をラジオで公表することになっている。

首都防衛司令官、紙を机から取り上げる。

大統領の子息 これも大統領の役目だ。

首都防衛司令官 （七号に）この六名が主犯だ。（一枚目の紙を手に取って読み上げる）「この者たちがあらゆる手を使って腐敗した政権を延命させようとしたことは明白である」（紙を下ろす）わたしが委任した軍事法廷がこの件について調査し、判決を下した。（二枚目の紙を七号に差しだす）新しい大統領には、（時計を見る）閣

僚名簿とこの判決文を読み上げてもらいたい。（二枚目の紙を七号にむりやり渡す）

七号　（さっと目を通す）断る！

首都防衛司令官　（電話に向かって）通信隊か？　こちらの準備は整った。

少佐、アナウンスのためにマイクに向かう。

六号　（七号に）判決文を読み上げるんだ。さもないと、自分に宣告を下すことになるだろう！

大統領の子息　コインの半欠けのことなど考えるな。中途半端なことはしないで、全体のことを考えろ！

大統領夫人　あら、この子の父親はやっぱり夫だったのかしら。

陸軍大臣　（主治医に）最期の瞬間まで息子の父親がわからないとはな！

主治医　だから女性の患者には、正確に記録を取っておくように勧めているんだが。

陸軍大臣　色恋の帳簿付けか！（ふたり、笑う）

六号　（七号に）教授はどうしてる？

七号　死んだ。
少佐　若い娘があの男を殺したということか。
陸軍大臣　死ぬときに放蕩三昧したということか。
七号　（少佐に）アナウンスしてくれ！　話をする！
少佐　（マイクに向かって）静粛に、静粛に！　われわれはたったいま宮殿に到着した。
陸軍大臣　（主治医に小声で）例の娘だったらしいな。
　兵士のひとり、機関銃で陸軍大臣を脅す。
少佐　宮殿までの沿道は凱旋行進そのものだった。群衆が歓呼の声を上げ、バリケードを突破するほどだった。「自由と秩序！」という叫び声がほうぼうで響き、聖なる誓いのように連呼された。これぞまさしく誓いの言葉！
　首都防衛司令官、机についている少佐の背後に腰かける。

陸軍大臣　（主治医に）あの娘は、このわたしよりも、自分の気性を嫌っていた。

主治医　それはいい！（機関銃の銃口をわずらわしそうに脇にどける）

少佐　恐怖と圧政に支配された国に自由と秩序が戻る。国民指導者と共に自由と秩序が帰ってくるのだ。これより国民指導者が大統領としてマイクに向かう。言うまでもなく「自由と秩序」は当面、順番は逆で「秩序と自由」となる。この言葉は——大統領がおいでになった！

七号　（マイクに）国民のみなさん。わたしは自由を標榜する内閣の樹立を宣言するためにこの血塗られた宮殿にやってきました。数々の試練を乗り越えた名誉ある人々の誇らしい名簿を読み上げるつもりでした。彼らこそ、何年にもわたる迫害と困窮に耐え、今日ここで祖国に奉仕するために厳かに任命されることをめざして絶えず準備してきた人たちです。ところが、わたしとみなさんの仲間であると思っていた首都防衛司令官が高級将校からなる内閣の樹立を宣言するように強要しています。今朝まで独裁政権に奉仕していた者たちです。差し替えのきく連中、自分に割り振られた官職を喜ぶ腰巾着です。これは裏切りです！

主治医　あいつ、命が惜しくないと見える。

陸軍大臣　わたしの横の立ち見席がまだ空いている。

七号　これはみなさんとわたしに対する裏切りにほかなりません！

六号　（警告する）七号！

七号　しかも司令官は、六名を死刑にするための判決文を読み上げろとわたしの手に押しつけました。なんの権限もないのに、軍事法廷が判決を下したのです。新たな圧政が古い圧政に手を差し伸べているのです。しかしわたしは、そのようなものと手を結びはしません！　二十年ものあいだ、このときのために命を賭してきました。ようやくここに立ったというのに、もうその瞬間は過ぎたというのでしょうか？　わたしがしたかったことはなにか？　そして、これからしたいことはなにか？　最大多数の人のためのささやかな幸福です。ほんのすこしの安堵。ひと欠片《かけら》の自由。求めすぎでしょうか？　わたしは権力など欲していません。支配したいわけではないのです。私腹を肥やしたいわけでも、記念碑が欲しいわけでもありません。それでもわたしは自分の意に反して権力を望まざるをえません。

わたしなら権力の濫用をしないからです。わたしは自分がよく知る唯一の人間であり、必ず約束を守ります。だから助けを求めるわたしの呼びかけに耳を貸してください！　これはみなさんに向けた呼びかけです！　みんなさん自身のために聞いてください！　わたしを助けにくることで、自分自身を助けるのです！　首都在住のみなさん、大広場に来てください！　宮殿前に集まるのです！　急いでください！　帽子をフックから取る暇などありません！　みなさんの未来がかかっているのです！　自分たちを救うために集まるのです！　来てください！

首都防衛司令官　もういい。（電話に向かって）録音したテープはただちに処分しろ。録音を消すだけではだめだ。処分するのだ、中尉！　自分の首をかけて実行したまえ。よし、ここからはわたしがしゃべる。頼むぞ。（受話器を戻して立ち上がると、少佐に手で合図する）

少佐、マイクのところへ行って、七号を物かなにかのように脇にどかし、首都防衛司令官の次の合図を待つ。

陸軍大臣　（笑いながら）豚一頭聞いてなかったわけだ！

大統領夫人　いいえ、あなたが聞いてたわ。

大統領の子息、手で両目をおおう。

主治医　せっかくの演説も空振りだったな。

少佐　（七号を指さしながら）衛兵！

兵士ふたり、機関銃を構えて進み出ると、七号の左右に立つ。

六号　「穴に籠もるか、罠にかかるか」、七号、覚えているかい？

主治医　（陸軍大臣に）政治では、善人も皮肉屋になるほかない。さもなければ、あいつのような憂き目にあう。

大統領夫人　本当の男は本当の悪魔と同じ。

首相　合法性がなくなれば、暴力に訴えるほかない。

陸軍大臣　（首相に）大統領夫人はあいかわらず元気だな！

首都防衛司令官　（少佐に合図する）簡単に前振りをしたまえ！

少佐　（マイクに向かって）静粛に、静粛に！　こちらは首都の宮殿。新しく大統領になられた首都防衛司令官のお言葉である。（脇にどく）

首都防衛司令官　（マイクに向かって）親愛なる国民諸君！　耐えがたい腐敗政権が国民と自由を重んじる特別な勢力によって取って代わられる、とわれわれは信じた。世論の支持も受け、さしたる流血の惨事もなく達成できると思っていた次第だが、たったいま、痛ましい報告に接し、胸を引き裂かれている。青天の霹靂《へきれき》とも言えるきわめて痛ましい知らせである。正義の勝利に一番貢献した人物、国民指導者として知られ、大統領としてここから諸君に演説をするはずであったお方――そのお方が数分前、宮殿に入るときに背後から撃たれたのである！

陸軍大臣　これはたまげた！

首都防衛司令官　（マイクに向かって）かくも重要で、偉大な人物、私心なき国民の友であると共に、新しい自由を託せる人を失い、自由を得るための勇気をなくすこととなった。

七号　（身をふりほどき、マイクに飛びついて叫ぶ）わたしはまだ生きている！

少佐、七号を突き飛ばし、拳銃を抜く。
兵士ふたり、抵抗する七号を押さえる。

七号　わたしはまだ生きている！

兵士のひとり、七号の口を塞ぐ。

首都防衛司令官　（マイクに向かって）凶弾は国民指導者の命と自由を直撃した。卑劣な殺人者は逃走した。だが、どういうグループかはとっくに目星がついている。必ずや見つけだす所存だ！　というわけで、かけがえのない国民指導者の後継者に指名されたわたしが、別命あるまで非常事態宣言を発する！　詳しい指示は本日中にラジオおよび掲示によって通達する。われわれの喜びの日は期待に反して悲しみの日に変わった。自由の祭典は、自由を叫び、目覚めさせた人物の重苦しい国葬前夜祭と化す。偉大なる故人のために一分間の黙禱《もくとう》を捧げよう！（電話のところへ行き、受話器を取る）中尉？　演説中に入った叫び声はすぐ削除してくれ。それからインターバルのシグナルを送ったあと、いまの演説を全国に流すように。そのあと一分間、黙禱のために放送を止め、「葬送行進曲」を流す。「エロイカ」はどうかだと？　いいだろう。「エロイカ」をかけろ。叫び声は消し、演説を放送、黙禱、「エロイカ」の順だ――頼んだぞ！（受話器を戻す）

主治医　（陸軍大臣に）自由の戦士はそこに立っている。死んだことにされてしまったが。

大統領夫人　背後から撃たれたっていうのは、そのとおりね。

陸軍大臣　（首都防衛司令官に）完璧な政治的殺人だ。司令官、きみは偉大な芸術家だ。

七号　（身を振りほどきながら）わたしはまだ生きている！（拳銃を構える少佐に）撃つがいい、この悪党！（バルコニーのドアへ向かって走り、ドアを押しあけると、外にとびだして叫ぶ）わたしはまだ生きている！

監察官、急いで七号を追う。

少佐、ふたりを追おうとする。

首都防衛司令官 (少佐を引きとめる) 放っておけ。どうせ大広場には誰もいない。入口は封鎖してある。

七号の声 みんな、どうしてわたしを見放すんだ?

監察官 (すこし経ってから広間に戻ってくる) 彼はバルコニーから落ちました。(袖の汚れを払いながら) 閑散とした広場に向かって手すりから身を乗りだして、「どうしてわたしを見放すんだ?」と叫びましたが、そのとたん気を失ったかのようによろめきまして、わたしが支えようとしたらバランスを崩し、わたしの手をすりぬけ真っ逆さまに落下しました。

大統領夫人 死んだと言われてから、あまり長生きできなかったわね。

大統領の子息 窓からの墜落はこれで二度目。今回は本人だった。

陸軍大臣 (監察官に) おそらくあなたを誤解したんだろうな。あなたに突き落とされると思ったんだろう。

主治医　あの男には村の牧師顔負けの美徳があった。いいかい、あいつならきっと天国に行ける。
陸軍大臣　たしかに、あの男なら行けるだろう。それも最前列の特等席だ。
監察官　（首都防衛司令官に）死体を片づけませんと。
主治医　監察官に任せれば大丈夫だ、司令官！
陸軍大臣　お手本のような政治的掃除人だからな。ゴミひとつ残しはしない。
首都防衛司令官　（監察官にちょっとうなずいて）逮捕者を連れていけ！

監察官、ふたりの兵士に手で合図する。兵士ふたり、逮捕者を動くようにせっつく。一行は動きだす。ふたりの兵士がまず広間から出ていく。ぶつぶつ言いあいながらゆっくり歩く一行を、監察官はドア口で監視する。六号が呆然としながら黙って最初に退場。

大統領の子息　（通りすがりに少佐に）恥ずかしくないのか？

少佐 なぜです？

大統領夫人 （大統領の子息に）放っておきなさい。訊き返したのが答えよ。（大統領の子息、退場）

少佐、夫人に軽く会釈する。

大統領夫人、少佐を見ると、うんざりしたように彼の前につばを吐き、退場。

首相 （首都防衛司令官に）もう一度頼む。わたしのスーツを持ってきてくれ。昔は死刑囚の最後の望みを叶えてくれただろう。

首都防衛司令官 昔と今は違う。（ドアを指さす）カメラマンが待っている。世界は諸君の最後の写真を見たがっている。

首相、ブラウスを引き裂き、取り乱しながら退場。

主治医 （首都防衛司令官に）敵意を込めて忠告する。善人にはせいぜい気をつけることだ！

首都防衛司令官　心配無用だ。善人などそれほど多くない。件《くだん》の国民指導者はわれわれのトロイの木馬だった。それ以上のものではなかった。

陸軍大臣　それを言うなら、トロイのロバだろう！

少佐　良心を持つなど愚の骨頂。

主治医　そして長いあいだ、不治の病だと思われてきた。とんだ勘違いだったがな。

首都防衛司令官　ではご両人にお別れを言おう。

陸軍大臣　ああ、お別れだ。しかも永遠に。

首都防衛司令官　政府転覆は、飛びおり自殺で片がついた。

主治医　死人をだしての内閣交替。

首都防衛司令官　体制と諸君の両方を助けることはできない。

陸軍大臣　（主治医に）こいつはまず、あの男を片づけた。次はわれわれか。（首都防衛司令官に）わたしの息子はどうしている？

少佐　駐屯部隊ごと空爆で一掃した。

陸軍大臣　ならば、急がねばな。うまくすれば、あいつに追いつけるかもしれない。

主治医と陸軍大臣、退場。

首都防衛司令官　（監察官に）最後の願いを聞きとどけてやれ。少佐が判決文を朗読するから、そのあいだに必要な準備をしたまえ。

監察官　かしこまりました！（さっとドアのところへ行く）しかしバルコニーからの転落は余計でしたね。

首都防衛司令官　急ぎたまえ！

監察官　国葬のことで悩んでいます。あの高さから大理石張りの大広場に落ちましたからね。——死体をごてごて飾り立ててはかえってぶざまかと。

首都防衛司令官　（いらいらして）それで？

監察官　死刑判決を受けた者たちの中に（六号がさっきまで立っていた場所を指さす）替え玉がいます。あの男の死体のほうが、はるかに目的にかなっているのではないでしょうか。

首都防衛司令官　細かい点は、繊細な感覚の持ち主であるわたしの部下に任せる。

監察官　承知しました、大統領閣下。（急いで立ち去る。ドアが閉まる）

首都防衛司令官　（少佐に一枚の紙を渡す）軍事法廷の判決文だ。わたしは外交官たちに挨拶をしてくる。あの者たちが、閲覧室で拘束を解かれるのを待っている。（微笑みながら）クーデター中に大使館に帰すのは危険すぎるからな。

少佐　（微笑みながら）たしかに危険すぎます。わたしたちにとっても。

電話が鳴る。

首都防衛司令官　（受話器を取る）もしもし。つないでくれ！（少佐に）軍用飛行場だ。（電話に）わたしだ。ロンドンからの飛行機だと？（短い間）目隠しをした自動車に乗せて、厳重な警戒の下、要塞に連れていけ！　目立たないようにしろ！　箝口令《かんこうれい》を敷くんだ！　頼んだぞ、大佐！（受話器を戻す）あいつの大臣どもだ。奴らが来た！（拳を握りしめる）

少佐　幸運に恵まれるのも才能のうちです。

首都防衛司令官　(立ち上がり、もう一度受話器を取る)　わたしの演説はいつ放送される？　そうか。ご苦労。(受話器を戻す)　ついさっき放送され、いまは黙禱中だ。

(ゆっくりドアのほうへ行く)

少佐　(首都防衛司令官のあとにつづく)　偉大な死者への一分間の黙禱というわけですね。

七号の声　(遠くバルコニーのほうから)　どうしてわたしを見放すんだ？

少佐　(首都防衛司令官同様、この声が耳に入らず、歩きつづける)　つづいて「エロイカ」が流れるのですね。

首都防衛司令官　大使たちに接見するときにぴったりのBGMだ。

ドアが開く。ふたりの将校が退場。ドア、閉まる。舞台に人気がなくなる。

七号の声　(怒って)　なぜだ？

幕

解説

酒寄進一

エーリヒ・ケストナーの戯曲『独裁者の学校』をお届けする。

今年は奇しくもケストナー没後五十年の節目の年にあたる。ケストナーと言えば児童文学作家として世界的に知られているが、劇作家という一面をこの機会に紹介できることをとてもうれしく思っている。

本書はすでに一九五九年に吉田正己訳でみすず書房から翻訳出版されているので、本訳は新訳ということになる。底本には Erich Kästner, Die Schule der Diktatoren: Eine Komödie in neun Bildern(『独裁者の学校　九場からなる喜劇』), Atrium Verlag 2017 を使い、たまたま以前から手元にある旧東ドイツで刊行された古い版 Erich Kästner, Die Schule der Diktatoren und noch mehr Theater(『独裁者の学校その他の劇』), Atrium

Verlag 1959(こちらは一九五六年の初版に準じていると明記されている)を適宜参照した。両者に語句の変更はほとんどないものの、読み比べると、ト書きの表記やレイアウトなどに若干違いがあり、一九五九年版のほうが読みやすいので、翻訳ではそちらの体裁を採用した部分がある。

この解説では本書の成立過程や内容に触れるのはもとより、舞台芸術におけるケストナーという、児童文学作家の顔とはまた違ったケストナー像に光を当てたいと思う。

*

本書は一九五五年十二月に書きあげ、翌一九五六年に出版された。初演は一九五七年二月二十五日(ミュンヘン小劇場、ハンス・シュヴァイカルト演出)だった。

ケストナー研究家ハヌシェクのケストナー伝(1)によると、この戯曲の構想自体は一九三六年にはじまったらしい。ケストナー自身も本書の「まえがき」で「計画は二十年越しになる」と書いているので、一九三六年が本書の構想がはじまった年と見て間違いないだろう。ナチがドイツで権力を掌握した一九三三年から三年が経ち、ナチの権力は盤石なものになっていた。またナチがプロパガンダとして利用したベルリン・オリンピック大会が開催された年でもある。ドイツ国民の多くがナチ色に染まっていくなか、ケストナーは一九三三年にはすでにベルリンで行われた焚書で自分の著作が燃やされるのを目撃していたし、国民啓蒙・宣伝大臣ゲッベルスの肝煎りで設立された文化芸術の統制機関「帝国文化院」の下部組織「帝国著述院」に加入申請をするも、一九三四年一月に加入を保留されてしまう。これは事実上、ドイツ国内での出版禁止を意味した。そして本書の構想がはじまったとされる一九三六年には、著作をドイツ国内で販売することが不可能になる。それでも仲間の多くの作家のように亡命を選ばず、ドイツ国内にとどまったケストナーはしだいにナチ政権によって追い詰められていった。

本書の当初の目的は明らかにドイツの独裁者として成り上がったヒトラーを揶揄することだった。だがその後、構想は中断し、第二次世界大戦を挟んで、最終的には独裁体制のメカニズムを暴くほうに軸足を移したと言えるだろう。事実、第一場のト書きには、登場人物である「大統領」について「注意事項　髪や髭の形は、作品の本質から逸脱しないように、けっして最近の歴史上の人物を連想させてはならない」という一筆が添えられている。ここで言う「歴史上の人物」がヒトラーを指していることはすぐに察せられる。

本書では、第一場ですぐわかるように、大統領本人はすでに暗殺されていて、複数の影武者が養成され、大臣たちがその生殺与奪の権利を握っている。このいわば替え玉養成所が「独裁者の学校」というわけだ。替え玉たちはケストナーが「まえがき」で書いているとおり、大統領の戯画であり、茶番劇を演じることになる。このあたりのセリフ回しや、故大統領に似せるために替え玉たちが体重測定をしている場面などはいかにもケストナーらしい皮肉が効いているし、終盤でその茶番に別の茶番が用意されているあたりも、じつに辛辣だ。

ケストナーはセリフの中で「悲劇の時代なんてもう終わったさ」「悲劇はもう流行りません」と替え玉に言わせている。ナチの独裁と第二次世界大戦を経験したケストナーの実感なのかもしれない。作中で少佐が故大統領を評して「人間なんて、あの人にとって小数点以下の数字だったのです」と言うように、人間の命が軽視され、すべてががんじがらめになって、にっちもさっちも行かない状況では、逆に笑いしか起こらないということだろうか。こうした状況に対するケストナーの怒りは、本書につづいて一九六一年に出版された『終戦日記一九四五』(拙訳、岩波文庫、二〇二二年)に見いだすことができる。ケストナーは同書の「まえがき」でこう書いている。

「年代記は数字を示し、結果を総括するのが役目だ。だが数字にまちがいがなくても、人が見えない。そこに年代記の限界がある。年代記は大局でなにが起きたかを伝えはするが、それは物事の半面でしかない。

数字が生きたり、死んだりするだろうか。ポーランドの広場でドイツ軍の機関銃の前に並ばされたとき、ユダヤ人の母親たちは泣いている子どもたちを慰めた。母親たちの列は数列と同じだろうか。その後、精神科病院に入院させられた親衛隊分隊長は数字だろうか。

人間が四桁の数字となって黒板に書かれ、黒板消しで消される。大年代記にはすべての人間のために場所が用意されている。だがいっしょくたに扱われるばかりで、ひとりひとりが見えてくるわけではない。」(一四頁)

ここに記されているケストナーの基本的な考えは、本書とも通底している。本書に登場する替え玉たちが、大統領になりきり、五号、六号、七号と通し番号で呼ばれるところはまさに人間がただの歯車として交換可能であり、個性を消失することを表現してあまりがあるだろう。

ところで、この戯曲では、替え玉の中に反体制派のリーダーが隠れ潜み、機を見てクーデターを起こすという展開になっているが、そこにはまた別のどんでん返しが待っている。このどんでん返しのキモは「ラジオ」という、テレビがなかった時代の最新の情報ツールだ。興味深いことに、ケストナーは『終戦日記一九四五』で、ミュンヘンで実際に起きたクーデターとラジオをめぐる出来事について書いていて、次のように指摘している。

「クーデターの技術にラジオ技術の可能性を加えることを最初に思いついたところはすごい！　惜しむらくはゲルンググロース大尉の中隊に気の利いた役者がいなかったことだ。」(『終戦日記一九四五』一九四五年四月二十八日、一四八頁)

ゲルンググロース大尉というのはルプレヒト・ゲルンググロース(一九一五―一九九六年)のことで、クーデターというのは、彼が主導した反ナチ組織「自由行動バイエルン」が一九四五年四月二十七日の夜、ラジオ放送局を占拠して、ナチ政権打倒を呼びかけたことを指す。このクーデターを鎮圧したミュンヘン＝オーバーバイエルン大管区指導者パウル・ギースラー(一八九五―一九四五年、自殺未遂ののち死亡)もまた、ラジオ放送で事態の沈静化を図った。その経過をケストナーもまたラジオを通して追っていた。本書でラジオを重要なアイテムにしようと思いついたのは、この体験があったからではないかと思われる。

事実、『終戦日記一九四五』の一九四五年五月六日の項には「わたしはまた戯曲『独裁者の学校』を書く気になった。この数年、家宅捜索をされたら首が飛ぶかも知れないので、場面や対話を文字にしたためる気が起きなかった。もう首は飛ばないという考えに慣れるにはまだ時間が必要だ」(一九五頁)という記述がある。

もちろんさまざまなメディアに囲まれた現代のわたしたちの生活空間では、ラジオの重要度は当時ほど大きくはない。現代なら、二〇一〇年にはじまった「アラブの春」で若い世代がFacebookなどを通じて情報交換をして政治改革を引き起こしたことや、オバマ元大統領がTwitter(当時)を積極的に使って、有権者との接点を模索したことなどが想起される。だがメディアを通して改革、革命を目指すという手法のメカニズムは基本的に同じだ。ケストナーはそのことを的確に認識していたと言える。また本書や『終戦日記一九四五』を通して、ケストナーが今と変わらず、当時もしっかりフェイクニュースで人々が操作されていることを鋭くついている点も忘れてはならないだろう。

ケストナーが戯曲執筆に手を染めるのは喜劇『タンスの中のクラウス、あるいはおかしなクリスマスパーティ』(一九二七年)からだ。ただこれは日の目を見ず、放送劇『現代に生きる』(一九二九年)が公に知られる最初となった。一九二九年と言えば、児童文学の代表作『エーミールと探偵たち』を出版した年でもある。三十歳のケストナーが作家としての地歩を築いたときには、すでに舞台芸術にも関心を向けていたことがわかるだろう。

その後、ケストナーは『ショーヴラン あるいは国王万歳!』(一九四〇年)、『信頼するあなたの手に』(一九四〇年)などの戯曲を書き、五十七歳のときに完成する本書へとつづくことになる。

*

だがじつは、ケストナーの演劇への関心はもっと若い頃から芽生えていたようだ。ハヌシェクのケストナー伝によると、一九二一年、大学生だったケストナーは学期休みをドレスデンで過ごし、「頻繁に劇場に行き、学期休みには端役で舞台に出たこともあった」(八一頁)し、実現しなかったものの、博士論文のテーマに当初、レッシングの『ハンブルク演劇論』を考えていたという(九八頁)。一方、この頃から『新ライプツィヒ新聞』で演劇批評を書くようになり、大学卒業後はベルリンに活動の場を求め、一九二〇年代を通して新聞雑誌で詩を発表する傍ら、演劇や映画の批評を盛んに発表した。ケストナーはまず批評家として演劇と関わったと言っていいだろう。

次にケストナーと舞台の関わりを考えるなら、「カバレット」の存在は避けて通れないだろう。カバレットはフランスで広がったキャバレー文化がドイツ語圏に移植されたものだが、ドイツ語圏では歌を聞かせるナイトクラブというだけではなく、詩の朗読や寸劇を披露する文芸寄りのバラエティー・ショーを見せる場として人気があった。当然、そこで披露される詩や寸劇は諷刺的な内容のものが多く、自由のバロメーターにもなっていた。新進気鋭の作家たちの実験場になっていたカバレットもあり、そうした作家の中にケストナーの姿もあった(2)。

ドイツのカバレットはそういう土壌で育ったため、ナチ政権からは目の敵にされ、ナチが政権を掌握後、カバレットはしだいに活動停止に追い込まれていき、戦後の復活を待つほかなくなる。したがってケストナーとカバレットの関係もナチ独裁以前と以後にわかれることになる。

ナチ独裁以前、ベルリンを活動の拠点にしていたケストナーは学生時代の一九二一年にカバレット「騒乱舞台」を観ている。ケストナーは、当時人気のあったカバレット「カタコンベ」や「ティゲル・タンゲル」などに作品(おもにシャンソンの歌詞)を提供している。(3)これらの歌詞は、詩集『腰の上の心臓』(一九二八年)や『椅子の間の歌』(一九三二年)に収録されている。

また当時のベルリンの風俗を描いた長篇小説『ファビアン』(丘沢静也訳、みすず書房、二〇一四年)にもKabarett der Anonymen(匿名のカバレット、丘沢訳ではアノニマス・キャバレー)が舞台として登場する。当時の雰囲気をつかむのに参考になるだろう。もちろんこの作品には諷刺の要素があるので、だいぶデフォルメされていると思われるが、「Kabarett der Namenlosen(名もなき者のカバレット)」という実在したカバレットのイベントから着想を得ていると言われている。後者は口上役のロヴィンスキーが一九二六年に発案し、一九三二年までつづいた企画で、若い才能を求むという新聞広告に応じた素人をモンビジュー・カバレットの舞台に出演させるというものだった。

戦後、ケストナーはミュンヘンを活動の場にするが、終戦直後にはそのミュンヘンでいち早くカバレット旗揚げの動きがあった。一九四五年八月十五日にはカバレット「見世物小屋」がミュンヘン小劇場で開幕していて、一九四六年にはケストナーも作家集団に名を連ね、諷刺詩「一九四五年の行進」を提供している。『終戦日記一九四五』でもカバレット旗揚げの話などが記されており、ミュンヘン近郊の逗留先の家で『腰の上の心臓』を見つけ、そこに収録されているゲーテの詩のパロディ「きみ知るやその国、大砲が花咲くところ」をプログラムに入れよう、とカバレット旗揚げを進めているシュントラーに提案したというエピソードも記されている（一九四五年六月二十一日）。あいにく「見世物小屋」は一九四八年の通貨改革の煽りを受け、資金難に陥り、一九四九年に活動を終えた。

ケストナーはその後、一九五一年一月二十四日にカバレット「小さな自由」旗揚げに関わる。[4] しかしこの年、母親イーダの死（同年五月五日）に見舞われるなどプライベートでの変化があって、しだいにカバレットへの作品提供は少なくなっていった。その後、ケストナーは別の創作活動に向かっていて、一九五七年は本書が初演されたほかにも、自伝『ぼくが子どもだったころ』（池田香代子訳、岩波少年文庫、二〇二三年）が出版され、ドイツ語圏で最も重要とされているゲオルク・ビューヒナー賞を受賞するなど、とくに実り豊かな年になった。

最後に、本書がドイツでどう受け入れられているかについて触れておこう。その内容上、いわゆる平和教育と相性がよく、ドイツ語圏の学校演劇でよく上演されてきた。また二〇二二年／二〇二三年にはヘッセン国立劇場ヴィースバーデンでレパートリー（演出ビャルネ・ゲドラート）に加えられた（他の公演記録は後掲のケストナーの舞台芸術関連年譜を参照）。ヘッセン国立劇場の公演用パンフレットに掲載されたドラマトゥルク、マリー・ヨハンセンのエッセイ「ディープフェイクとドッペルゲンガー」では、ロシアのプーチン大統領がやり玉に挙げられている。ウクライナ戦争勃発によって、本書は今日的なテーマを扱う戯曲としてふたたびドイツで注目されているようだ。

注

（1）スヴェン・ハヌシェク『エーリヒ・ケストナー――謎を秘めた啓蒙家の生涯』藤川芳郎訳、白水社、二〇一〇年。

（2）ケストナー以外にはトーマス・マンの息子クラウス・マンやクルト・トゥホルスキーの名が挙げられる。またミュンヘンでは、トーマス・マンの娘エーリカ・マンが一九三三年、カバレット「胡椒挽き」をプロデュースし、国外巡業もしながら盛んにナチを諷刺した。これらの作家たちは、ナチからは逆に「アスファルト文士」と揶揄された。ベルリンの焚書が実施された現場でゲッベルスが行った演説でも、焚書の対象になった作家たちを指す言葉として使われている。

（3）「カタコンベ」は一九二九年、「ティゲルタンゲル」は一九三一年に開店。どちらも、ナチ政権によって一九三五年に閉鎖に追い込まれた。

（4）ドイツでのカバレット事情についてはハインツ・グロイル『キャバレーの文化史』平井正、田辺秀樹ほか訳、ありな書房、Ⅰ（一九八三年）、Ⅱ（一九八八年）が詳しい。「一九四五年の行進」をはじめ、カバレットで披露されたケストナーの詩が引用されている。

ケストナーの舞台芸術関連年譜（映画関連の仕事も含む）

一九一九年（二十歳）

演劇雑誌『デア・ツヴィンガー』（ドレスデン）にはじめて詩を寄稿

ライプツィヒ大学で歴史学、ドイツ文学と共に演劇学を専攻

一九二七年（二十八歳）

ベルリンに移住し、劇評家としても活動をはじめる（寄稿した主な新聞雑誌は『デ

イ・ヴェルトビューネ』『フォス新聞』『ベルリナー・ターゲブラット』『新ライプツィヒ新聞』)

戯曲『タンスの中のクラウス、あるいはおかしなクリスマスパーティ』執筆(初演二〇一三年、ドレスデン、演出・台本ズザンネ・リーツォー)

一九二九年(三十歳)

放送劇『現代に生きる』(ブレスラウ放送局)

一九三〇年(三十一歳)

短編映画『肝油』(監督マックス・オフュルス)

戯曲版『エーミールと探偵たち』初演(ベルリン、演出エーリヒ・エンゲル)

映画『エーミールと探偵たち(日本公開時のタイトル『少年探偵団』)』(監督ゲルハルト・ランプレヒト、台本ビリー・ワイルダー)

一九三二年(三十三歳)

劇『点子ちゃんとアントン』初演(ベルリン、演出ゴットフリート・ラインハルト)

一九三六年(三十七歳)

戯曲『独裁者の学校』の構想開始

一九三八年（三十九歳）
戯曲『注文通りの女性』執筆（エーバーハルト・カインドルフと共作）
一九三九年（四十歳）
戯曲『黄金の屋根』執筆（エーバーハルト・カインドルフと共作）
一九四〇年（四十一歳）
歴史劇『ショーヴラン、あるいは国王万歳！』執筆
喜劇『思い出の家』執筆
戯曲『グスタフ・クラウゼ陛下』執筆（エーバーハルト・カインドルフと共作）
レヴュー『ヘークヒェンと三銃士』執筆（ハンス・フリッツ・ベックマンと共作）
一九四二年（四十三歳）
映画『ミュンヒハウゼン』（監督ヨーゼフ・フォン・バーキ、台本はベルトルト・ビュラガー名義でケストナーが書く）
映画『雪の中の三人男』（監督ハンス・デッペ、台本ケストナー）
戯曲『信頼するあなたの手に』執筆

一九四三年（四十四歳）
映画『ささやかな国境往来』（監督ハンス・デッペ、台本ケストナー）
一九四五年（四十六歳）
カバレット「見世物小屋」旗揚げ
一九四七年（四十八歳）
劇『点子ちゃんとアントン』再演（ベルリン、演出フーゴ・シュラーダー）
一九四八年（四十九歳）
『信頼するあなたの手に』初演（メルヒオール・クルツ名義、デュッセルドルフ、演出ギュンター・リューダース）
一九五〇年（五十一歳）
映画『ふたりのロッテ』（監督ヨーゼフ・フォン・バーキ、台本ケストナー）
放送劇『雪の中の三人男』（バイエルン放送局、演出ハインツ＝ギュンター・シュタム）
一九五一年（五十二歳）
カバレット「小さな自由」旗揚げ

映画『ふたりのロッテ』が第一回連邦映画賞(現在のドイツ映画賞)受賞
映画『ひばりの子守唄』(原作『ふたりのロッテ』、監督島耕二)

一九五三年(五十四歳)
映画『点子ちゃんとアントン』(監督トーマス・エンゲル、台本ケストナーが共同執筆)

一九五四年(五十五歳)
映画『飛ぶ教室』(監督クルト・ホフマン、台本ケストナー)
映画『消えた細密画』(監督カール＝ハインツ・シュロート、台本ケストナー)
一九五六年(五十七歳)
戯曲『独裁者の学校』出版

一九五七年(五十八歳)
『独裁者の学校』初演(ミュンヘン小劇場、演出ハンス・シュヴァイカルト)
テレビドラマ『点子ちゃんとアントン』(監督イエルク・シュナイダー)
ゲオルク・ビューヒナー賞受賞

一九五八年（五十九歳）
『思い出の家（序幕）』初演（ミュンヘン小劇場、演出ハンス・シュヴァイカルト）
喜劇『氷河期』に着手

一九六二年（六十三歳）
戯曲『信頼するあなたの手に』を元に映画台本『愛は学ぶもの』執筆

一九七二年（七十三歳）
映画『飛ぶ教室』（監督ヴェルナー・ヤーコプス）

ケストナー没後のおもな舞台芸術・映画

一九八〇年
映画『ファビアン』（監督ヴォルフ・グレム）

二〇〇一年
ミュージカル『エーミールと探偵たち』（ベルリン、作曲マルク・シュープリング、台本ヴォルフガング・アーデンベルク）

二〇一〇年

アニメーション『動物会議』（監督ホルガー・タッペ他）
二〇一一年
ミュージカル『点子ちゃんとアントン』（ベルリン、作曲マルク・シュープリング、台本ヴォルフガング・アーデンベルク）
劇『ファビアンあるいは犬の前に歩みでる』（デュッセルドルフ、演出ベルナデッテ・ゾネンビヒラー）
二〇一二年
劇『独裁者の学校』（レーゲンスブルク、シュタット劇場）
二〇一三年
劇『独裁者の学校』（ハイデルベルク、学生劇団フォーゲルフライ）
二〇一四年
劇『独裁者の学校』（リンツ、リンツ演劇クラブ）
劇『独裁者の学校』（リューベック、演出ゾフィー・ツォイシュナー）
二〇一八年
劇『独裁者の学校』（ロストック、演出ゾーニャ・ヒルベルガー）

二〇一九年
劇『ファビアン』(ベルリン、演出アレクサンダー・リーメンシュナイダー)

二〇二一年
映画『さよなら、ベルリン　またはファビアンの選択について』(監督ドミニク・グラフ)

二〇二二年
劇『独裁者の学校』(ヴィースバーデン、演出ビャルネ・ゲドラート)

二〇二三年
映画『飛ぶ教室』(監督カロリーナ・ヘルスゴード)

独裁者《どくさいしゃ》の学校《がっこう》　エーリヒ・ケストナー作

2024年2月15日　第1刷発行
2024年4月15日　第2刷発行

訳　者　酒寄進一《さかよりしんいち》

発行者　坂本政謙

発行所　株式会社 岩波書店
〒101-8002 東京都千代田区一ツ橋 2-5-5

案内 03-5210-4000　営業部 03-5210-4111
文庫編集部 03-5210-4051
https://www.iwanami.co.jp/

印刷・精興社　製本・中永製本

ISBN 978-4-00-324713-6　　Printed in Japan

読書子に寄す

—岩波文庫発刊に際して—

岩波茂雄

真理は万人によって求められることを自ら欲し、芸術は万人によって愛されることを自ら望む。かつては民を愚昧ならしめるために学芸が最も狭き堂宇に閉鎖されたことがあった。今や知識と美とを特権階級の独占より奪い返すことはつねに進取的なる民衆の切実なる要求である。岩波文庫はこの要求に応じそれに励まされて生まれた。それは生命ある不朽の書を少数者の書斎と研究室とより解放して街頭にくまなく立たしめ民衆に伍せしめるであろう。近時大量生産予約出版の流行を見る。その広告宣伝の狂態はしばらくおくも、後代にのこすと誇称する全集がその編集に万全の用意をなしたるか。千古の典籍の翻訳企図に敬虔の態度を欠かざりしか。さらに分売を許さず読者を繋縛して数十冊を強うるがごとき、はたしてその揚言する学芸解放のゆえんなりや。吾人は天下の名士の声に和してこれを推挙するに躊躇するものである。このときにあたって、岩波書店は自己の責務のいよいよ重大なるを思い、従来の方針の徹底を期するため、すでに十数年以前より志して来た計画を慎重審議この際断然実行することにした。吾人は範をかのレクラム文庫にとり、古今東西にわたって文芸・哲学・社会科学・自然科学等種類のいかんを問わず、いやしくも万人の必読すべき真に古典的価値ある書をきわめて簡易なる形式において逐次刊行し、あらゆる人間に須要なる生活向上の資料、生活批判の原理を提供せんと欲する。この文庫は予約出版の方法を排したるがゆえに、読者は自己の欲する時に自己の欲する書物を各個に自由に選択することができる。携帯に便にして価格の低きを最主とするがゆえに、外観を顧みざるも内容に至っては厳選最も力を尽くし、従来の岩波出版物の特色をますます発揮せしめようとする。この計画たるや世間の一時の投機的なるものと異なり、永遠の事業として吾人は微力を傾倒し、あらゆる犠牲を忍んで今後永久に継続発展せしめ、もって文庫の使命を遺憾なく果たさしめることを期する。芸術を愛し知識を求むる士の自ら進んでこの挙に参加し、希望と忠言とを寄せられることは吾人の熱望するところである。その性質上経済的には最も困難多きこの事業にあえて当たらんとする吾人の志を諒として、その達成のため世の読書子とのうるわしき共同を期待する。

昭和二年七月

《ドイツ文学》〔赤〕

- ニーベルンゲンの歌 全二冊 — 相良守峯訳
- 若きウェルテルの悩み — ゲーテ／竹山道雄訳
- ヴィルヘルム・マイスターの修業時代 全三冊 — ゲーテ／山崎章甫訳
- イタリア紀行 全三冊 — ゲーテ／相良守峯訳
- ファウスト 全二冊 — ゲーテ／相良守峯訳
- ゲーテとの対話 全三冊 — エッカーマン／山下肇訳
- スペインの太子 ドン・カルロス — シルレル／佐藤通次訳
- ヒュペーリオン —希臘の世捨人 — ヘルデルリーン／渡辺格司訳
- 青い花 — ノヴァーリス／青山隆夫訳
- 夜の讃歌・サイスの弟子たち 他一篇 — ノヴァーリス／今泉文子訳
- 完訳 グリム童話集 全五冊 — 金田鬼一訳
- 黄金の壺 — ホフマン／神品芳夫訳
- ホフマン短篇集 — 池内紀編訳
- 影をなくした男 — シャミッソー／池内紀訳
- 流刑の神々・精霊物語 — ハイネ／小沢俊夫訳
- ブリギッタ・森の泉 他一篇 — シュティフター／宇多五郎・高安国世訳

- みずうみ 他四篇 — シュトルム／関泰祐訳
- 村のロメオとユリア — ケラー／草間平作訳
- 沈鐘 — ハウプトマン／阿部六郎訳
- 地霊・パンドラの箱 ルル二部作 — F・ヴェデキント／岩淵達治訳
- 春のめざめ — F・ヴェデキント／酒寄進一訳
- 花・死人に口なし 他七篇 — シュニッツラー／番匠谷英一・山本有三訳
- ゲオルゲ詩集 — 手塚富雄訳
- リルケ詩集 — 高安国世訳
- ドゥイノの悲歌 — リルケ／手塚富雄訳
- ブッデンブローク家の人びと 全三冊 — トーマス・マン／望月市恵訳
- トオマス・マン短篇集 — 実吉捷郎訳
- 魔の山 全二冊 — トーマス・マン／関泰祐・望月市恵訳
- トニオ・クレエゲル — トオマス・マン／実吉捷郎訳
- ヴェニスに死す — トオマス・マン／実吉捷郎訳
- 講演集 ドイツとドイツ人 他五篇 — トーマス・マン／青木順三訳
- 講演集 リヒァルト・ヴァーグナーの苦悩と偉大 他一篇 — トーマス・マン／青木順三訳
- 車輪の下 — ヘルマン・ヘッセ／実吉捷郎訳

- デミアン — ヘルマン・ヘッセ／実吉捷郎訳
- シッダルタ — ヘッセ／手塚富雄訳
- ルーマニア日記 — カロッサ／高橋健二訳
- 幼年時代 — カロッサ／斎藤栄治訳
- ジョゼフ・フーシェ —ある政治的人間の肖像 — シュテファン・ツワイク／高橋禎二・秋山英夫訳
- 変身・断食芸人 — カフカ／山下肇・山下萬里訳
- 審判 — カフカ／辻瑆訳
- カフカ短篇集 — 池内紀編訳
- カフカ寓話集 — 池内紀編訳
- ドイツ炉辺ばなし集 —カレンダーゲシヒテン — ヘーベル／木下康光編訳
- ウィーン世紀末文学選 — 池内紀編訳
- チャンドス卿の手紙 他十篇 — ホフマンスタール／檜山哲彦訳
- ホフマンスタール詩集 — 川村二郎訳
- ドイツ名詩選 — 生野幸吉・檜山哲彦編
- 聖なる酔っぱらいの伝説 他四篇 — ヨーゼフ・ロート／池内紀訳
- 暴力批判論 他十篇 —ベンヤミンの仕事1 — ベンヤミン／野村修編訳
- ボードレール 他五篇 —ベンヤミンの仕事2 — ベンヤミン／野村修編訳

パサージュ論 全五冊　ヴァルター・ベンヤミン　今村仁司・三島憲一・大貫敦子・高橋順一・塚原史・細見和之・村岡晋一・山本尤・横張誠・與謝野文子・吉村和明訳

ジャクリーヌと日本人　ヤーコプ　相良守峯訳

ヴォイツェク ダントンの死 レンツ　ビューヒナー　岩淵達治訳

人生処方詩集　エーリヒ・ケストナー　小松太郎訳

終戦日記一九四五　エーリヒ・ケストナー　酒寄進一訳

第七の十字架 全二冊　アンナ・ゼーガース　山下肇・新村浩訳

《フランス文学》〔赤〕

ラブレー第一之書 ガルガンチュワ物語　渡辺一夫訳

ラブレー第二之書 パンタグリュエル物語　渡辺一夫訳

ラブレー第三之書 パンタグリュエル物語　渡辺一夫訳

ラブレー第四之書 パンタグリュエル物語　渡辺一夫訳

ラブレー第五之書 パンタグリュエル物語　渡辺一夫訳

ピエール・パトラン先生　渡辺一夫訳

エセー 全六冊　モンテーニュ　原二郎訳

ラ・ロシュフコー箴言集　二宮フサ訳

ブリタニキュス ベレニス　ラシーヌ　渡辺守章訳

ドン・ジュアン —石像の宴　モリエール　鈴木力衛訳

いやいやながら医者にされ　モリエール　鈴木力衛訳

守銭奴　モリエール　鈴木力衛訳

完訳 ペロー童話集　新倉朗子訳

ラ・フォンテーヌ 寓話 全二冊　ラ・フォンテーヌ　今野一雄訳

カンディード 他五篇　ヴォルテール　植田祐次訳

ルイ十四世の世紀 全四冊　ヴォルテール　丸山熊雄訳

美味礼讃 全二冊　ブリアー＝サヴァラン　関根秀雄・戸部松実訳

近代人の自由と古代人の自由・征服の精神と簒奪 他一篇　コンスタン　堤林剣・堤林恵訳

恋愛論 全二冊　スタンダール　杉本圭子訳

赤と黒 全二冊　スタンダール　桑原武夫・生島遼一訳

ゴプセック・毬打つ猫の店　バルザック　芳川泰久訳

艶笑滑稽譚 全三冊　バルザック　石井晴一訳

レ・ミゼラブル 全四冊　ユーゴー　豊島与志雄訳

ライン河幻想紀行　ユゴー　榊原晃三編訳

ノートル＝ダム・ド・パリ 全二冊　ユゴー　辻昶・松下和則訳

モンテ・クリスト伯 全七冊　アレクサンドル・デュマ　山内義雄訳

三銃士 全二冊　デュマ　生島遼一訳

カルメン　メリメ　杉捷夫訳

愛の妖精（プチット・ファデット）　ジョルジュ・サンド　宮崎嶺雄訳

ボオドレール 悪の華　鈴木信太郎訳

感情教育 全二冊　フローベール　生島遼一訳

紋切型辞典　フローベール　小倉孝誠訳

サラムボー 全二冊　フローベール　中條屋進訳

未来のイヴ 全二冊　ヴィリエ・ド・リラダン　渡辺一夫訳
風車小屋だより　ドーデー　桜田佐訳
サフォ パリ風俗　ドーデ　朝倉季雄訳
プチ・ショーズ —ある少年の物語　ドーデ　原千代海訳
少年少女　アナトール・フランス　三好達治訳
テレーズ・ラカン 全二冊　エミール・ゾラ　小林正訳
ジェルミナール 全三冊　エミール・ゾラ　安士正夫訳
獣人 全二冊　エミール・ゾラ　川口篤訳
氷島の漁夫　ピエール・ロチ　吉氷清訳
マラルメ詩集　渡辺守章訳
脂肪のかたまり　モーパッサン　高山鉄男訳
メゾンテリエ 他三篇　モーパッサン　河盛好蔵訳
モーパッサン短篇選　高山鉄男編訳
わたしたちの心　モーパッサン　笠間直穂子訳
地獄の季節　ランボオ　小林秀雄訳
対訳ランボー詩集 —フランス詩人選(1)　中地義和編
にんじん　ルナアル　岸田国士訳

ジャン・クリストフ 全四冊　ロマン・ローラン　豊島与志雄訳
ベートーヴェンの生涯　ロマン・ロラン　片山敏彦訳
ミレー　ロマン・ロラン　蛯原徳夫訳
フランシス・ジャム詩集　手塚伸一訳
三人の乙女たち　フランシス・ジャム　手塚伸一訳
狭き門　アンドレ・ジイド　川口篤訳
法王庁の抜け穴　アンドレ・ジイド　石川淳訳
モンテーニュ論　アンドレ・ジイド　渡辺一夫訳
ムッシュー・テスト　ポール・ヴァレリー　清水徹訳
精神の危機 他十五篇　ポール・ヴァレリー　恒川邦夫訳
ドガ ダンス デッサン　ポール・ヴァレリー　塚本昌則訳
シラノ・ド・ベルジュラック　ロスタン　辰野隆 鈴木信太郎訳
地底旅行　ジュール・ヴェルヌ　朝比奈弘治訳
八十日間世界一周　ジュール・ヴェルヌ　鈴木啓二訳
海底二万里 全二冊　ジュール・ヴェルヌ　朝比奈美知子訳
死霊の恋・ポンペイ夜話 他三篇　ゴーチエ　田辺貞之助訳
火の娘たち　ネルヴァル　野崎歓訳

パリの夜 —革命下の民衆　レチフ・ド・ラ・ブルトンヌ　植田祐次編訳
シェリ　コレット　工藤庸子訳
シェリの最後　コレット　工藤庸子訳
生きている過去　レニエ　窪田般彌訳
ノディエ幻想短篇集　ノディエ　篠田知和基編訳
フランス短篇傑作選　山田稔編訳
シュルレアリスム宣言・溶ける魚　アンドレ・ブルトン　巖谷國士訳
ナジャ　アンドレ・ブルトン　巖谷國士訳
ジュスチーヌまたは美徳の不幸　サド　植田祐次訳
とどめの一撃　ユルスナール　岩崎力訳
フランス名詩選　安藤元雄 入沢康夫 渋沢孝輔編
繻子の靴 全二冊　ポール・クローデル　渡辺守章訳
A・O・バルナブース全集 全二冊　ヴァレリー・ラルボー　岩崎力訳
心変わり　ミシェル・ビュトール　清水徹訳
悪魔祓い　ル・クレジオ　高山鉄男訳
失われた時を求めて 全十四冊　プルースト　吉川一義訳
シルトの岸辺　ジュリアン・グラック　安藤元雄訳

星の王子さま　サン＝テグジュペリ　内藤濯訳
プレヴェール詩集　小笠原豊樹訳
ペスト　カミュ　三野博司訳
サラゴサ手稿　全三冊　ヤン・ポトツキ　畑浩一郎訳

《別冊》

増補 フランス文学案内　渡辺一夫　鈴木力衛
増補 ドイツ文学案内　手塚富雄　神品芳夫
ことばの花束 ―岩波文庫の名句365　岩波文庫編集部編
ことばの贈物 ―岩波文庫の名句365　岩波文庫編集部編
愛のことば ―岩波文庫から―　岩波文庫編集部編
世界文学のすすめ　大岡信　奥本大三郎　川村二郎　小池滋　沼野充義編
近代日本文学のすすめ　大岡信　加賀乙彦　菅野昭正　曾根博義　十川信介編
近代日本思想案内　鹿野政直
近代日本文学案内　十川信介
ポケットアンソロジー この愛のゆくえ　中村邦生編
スペイン文学案内　佐竹謙一

一日一文 英知のことば　木田元編
声でたのしむ 美しい日本の詩　大岡信　谷川俊太郎編